Paul de Legarde

Deutsche Schriften

Zweiter Band

Paul de Legarde

Deutsche Schriften
Zweiter Band

ISBN/EAN: 9783741171512

Hergestellt in Europa, USA, Kanada, Australien, Japan

Cover: Foto ©Andreas Hilbeck / pixelio.de

Manufactured and distributed by brebook publishing software
(www.brebook.com)

Paul de Legarde

Deutsche Schriften

DEUTSCHE SCHRIFTEN

von

Paul de Lagarde.

Zweiter Band.

Goettingen

1881

Dieterichsche Verlagsbuchhandlung.

Im Sommer 1858 bot sich mir die Gelegenheit, in eine politische Thätigkeit einzutreten: ich habe diese Gelegenheit ungenutzt gelassen. Nicht sowohl, weil mir die für sie nöthigen äußerlichen Mittel fehlten, als weil ich erkannte, daß ich einer andern Epoche angehöre als der 1858 im geheimen bereits herrschenden der nachmaligen neuen Aera.

Jene Epoche hatte die Form ihrer Existenz in der Verneinung des Bundestages und alles dessen gefunden, was mit ihm näher oder ferner zusammenhing: sie hatte ihren Inhalt durch die Philosophie Hegels aus den Schätzen der klassischen Periode unsrer nationalen Litteratur erhalten.

Sie hatte also ihre Form der Verneinung des Todes, welche Verneinung selbst kein Leben ist, sie hatte ihren Inhalt nicht dem Leben, sondern dem scholastisierten Berichte über eine einzelne Erscheinung intellectuellen Lebens zu verdanken.

Nicht wenige gab es, welche mit dieser Epoche unzufrieden waren: an ihrer Spitze stand König Friedrich Wilhelm der vierte. Man mußte dieser Männer Unzufriedenheit billigen, denn was die Träger des Zeitgeistes dem Volke boten, war nicht Brot, sondern Stein: für das, was die Misvergnügten selbst empfahlen, konnte man sich nicht erwärmen, denn sie trieben die Teufel durch andre Teufel aus. Es durfte sich — so schien es mir vor 29 Jahren — nicht darum handeln, an die Stelle der Encyclopädie Hegels die Dogmatik Hollazens und Gerhardts, an die Stelle Goethes und Lessings irgend welche andre Klassiker zu setzen. Tod kann nicht durch Abneigung gegen den Tod, sondern nur durch Auferstehung, der eine Tod nicht durch einen andern Tod, sondern nur durch Leben verdrängt werden.

Die im gewöhnlichen Sinne dieses Wortes liberale Epoche ist wesentlich anders verlaufen als 1858 irgend wer zu ahnen im Stande war: Otto von Bismarck ist ihr Exponent geworden. Mir ist nicht bekannt, daß jemals eine methodische Untersuchung über die Art geführt worden wäre, in welcher Individuen auf die Geschichte des Menschengeschlechts einwirken. Eigentlich berühmt scheinen mir von jeher jedenfalls nur diejenigen unter diesen Individuen geworden zu sein, welche die Executive für den Gedankeninhalt und die Wünsche einer von Andern gestimmten, geschulten und begeisterten Masse gewesen sind. Wie Luther gehört auch der erste Kanzler des deutschen Reichs in diese Klasse. Nicht eine einzige der von Herrn von Bismarck in Wirklichkeit umgesetzten Ideen ist in seinem Kopfe entstanden: er dankt die wichtigsten dem Liberalismus, und wird selbst am besten wissen, daß dieser zuerst in den Gothanern, zuletzt im Nationalvereine verkörperte Liberalismus der eigentliche Vater des heutigen deutschen Reichs, der mächtige Kanzler nur der ist, welcher mit beispielloser, nie ermüdender Energie, unter Benutzung jeder Schwäche, seiner an Schwächen reichen Gegner

1 *

und jeder von der Vorsehung gebotenen Gelegenheit die Ideen dieses Liberalismus an Stellen zur Geltung gebracht hat, welche von Hause aus eine nur instinctive, aber sehr mächtige Abneigung gegen diese Ideen hatten. Der lebhafte Haß aber, welcher früher dem nachmals so viel bewunderten Manne entgegentrat, galt den in ihm noch außerordentlich deutlich spürbaren Nachwirkungen der vorliberalen Periode unsres Staates, einer Periode, welche Bismarck so wenig hätte entbehren können, wie er die Ideen der mit 1848 abschließenden Epoche unsrer Geschichte zu entbehren im Stande gewesen wäre: die Schneidigkeit, mit welcher er diese Ideen durchgeführt, ist ihm durch die Herkunft aus dem altpreußischen niedrigen Adel zu Theil geworden.

Ich habe 1872 erkannt, daß die Tage des Liberalismus zu Ende giengen. Darum habe ich 1873 und in den folgenden Jahren nach und nach meine deutschen Schriften veröffentlicht, um durch dieselben die Gemüther für die neue Periode, an deren Schwelle wir uns befinden, empfänglich zu machen.

Es ist nunmehr an der Zeit, weiter fortzuschreiten.

Das Verhältnis beweist es, in welchem der Reichskanzler jetzt zu Deutschland, und Deutschland zu ihm steht. Der Reichskanzler ist seit Jahren nicht mehr der Exponent der öffentlichen Meinung: es ist aber auch andrerseits niemand da, der als anerkannter Führer der nächsten Zukunft Opposition gegen ihn zu machen befähigt und befugt wäre. Deutschland lehnt jenen ab, aber es lehnt auch alle diejenigen ab, welche sich an jenes Stelle setzen möchten: es wird durch die Erfolglosigkeit jenes zu diesen, durch die Nörgeleien dieser zu jenem hingetrieben. Während von 1830 bis 1848 die überwältigende Mehrheit der an den Geschicken des Vaterlandes Antheil nehmenden das wünschte was 1866 bis 1871 ausgeführt worden ist, gibt es jetzt eine solche Mehrheit für nichts, ja es steht nicht einmal in Aussicht, daß es sobald eine solche für irgend etwas geben werde. Ist aber eine öffentliche Meinung im guten Sinne dieses Ausdrucks nicht da, so kann weder ein Kanzler in ihrem Auftrage regieren, noch eine Linke in ihrem Auftrage kritisieren: ein derartiger Auftrag aber ist für jeden erforderlich, der einen äußerlichen Erfolg erreichen will.

Es ist Unrecht, über Undankbarkeit gegen Bismarck zu klagen. Was man Undankbarkeit gegen ihn nennt, ist nichts als das — zur Zeit allerdings noch völlig unklare — Bewußtsein, daß Bismarck seine Aufgabe gelöst hat, und daß nun andre Aufgaben als die ihm zu Theil gewordenen zu lösen sind. Hat doch auch der Freitag nicht das Pensum, sich über das vom Donnerstag geleistete zu freuen oder dasselbe noch einmal zu leisten, sondern das sehr viel gewichtigere, seine eigne Arbeit in die Hand zu nehmen, weil er eben nicht Donnerstag, sondern Freitag ist.

Es ergibt sich aus dieser Lage der Dinge die Pflicht eine — diesen Ausdruck abermals im guten Sinne verstanden — neue öffentliche Meinung zu bilden, welche auch ihrerseits den Mann finden muß, der sie in Thaten umsetzt, sowie sie selbst mächtig genug geworden sein wird, einen solchen Mann zu erzwingen, zu bevollmächtigen, zu stärken.

Was ich auf den folgenden Blättern biete, ist ein Versuch zur Bildung einer solchen Meinung etwas beizutragen. Daß das Gebotene den Zeitgenossen fremd erscheinen wird, beweist nichts gegen meine Gedanken: sie sollen eben gar nicht Gedanken der Gegenwart, sondern Gedanken der Zukunft sein.

Jede Zeit bindet bis zu einem gewissen Grade die ihr folgende ebenso, wie sie dieselbe befreit.

Leider ist es jetzt unmöglich, die Entwickelung der deutschen Geschichte von einem Fehler zu heilen, welcher sogar 1866 noch hätte geheilt werden können.

Der Main und das Erzgebirge bilden mitten in Deutschland eine wirkliche Grenze, da die nordwärts von ihnen Wohnenden wesentlich von den südwärts Wohnenden verschieden sind. Diese Grenze ist in der jetzt geltenden Verfassung durch die Baiern und Würtemberg zugestandenen Reservatrechte ausdrücklich als berechtigt anerkannt: sie war in den Friedensschlüssen von 1866 für naturgemäß erklärt, da Preußen, welches Mainz ohne neuen Vertrag besetzen zu dürfen behauptete, die südlichen Theile des Großherzogthums Hessen nicht in den Bund der norddeutschen Staaten einbegriff: sie war in den dem böhmischen Kriege voraufgehenden Entwürfen dadurch als thatsächlich vorhanden und nur der formellen Anerkennung im geschriebenen Rechte bedürftig bezeichnet, daß Preußen der Krone Baiern vorgeschlagen hatte, in der Weise an der Spitze der südmainischen Länder zu stehn, in welcher es selbst an der Spitze der nordmainischen zu stehn forderte. Noch heute fühlen sich Baiern und Würtemberg vom deutschen Reiche vergewaltigt: es ist kein Glück, daß sie ihm einverleibt worden sind, denn man muß Widerstrebendes nicht zusammenfügen, wenn man nicht den Stärkeren des Paares den Schwächeren will unterjochen lassen.

Zu wiederholten Malen hatte Habsburg den Plan gehabt, Baiern, einmal hatte es den Plan sogar ausgeführt, Würtemberg in sein Gebiet einzuschließen. 1709 wie 1714 ist der vom Prinzen Eugen aufgenommene Gedanke des Kurprinzen von Baiern, Kur-Baiern — welches allerdings nicht das heutige Baiern war — und dessen Ansprüche gegen das damals oesterreichische Belgien einzutauschen, an der Politik Ludwigs des vierzehnten gescheitert: Josephs des zweiten Bemühungen Baiern zu erwerben hat Friedrich der zweite zu nichte gemacht.

Oesterreich bedarf einer herrschenden Rasse. Ihm gehörte früher der Breisgau, die Landgrafschaft im Elsaß, das in der Nord-Schweiz belegene Stammgebiet seiner Dynastie, Burgan am Lech. Hätte es Baiern gewonnen, so wären alle Landschaften bis zum Main, selbst die von Hohenzollern beherrschten, über kurz oder lang ihm in die Arme gefallen, und die Germanen hätten die Obmacht in dem Staate der Habsburger gehabt.

Wie jetzt die Sachen liegen, sind die südmainischen Deutschen, welche mit den nordmainischen nur in einem weiteren, wenn auch unzerreißbaren Bunde stehn können, mit den nordmainischen in ein und dasselbe Reich zusammengethan, ist Oesterreich, das der SüdwestDeutschen für sich nicht entrathen kann, der geborenen Herrscher und Colonisten beraubt, ist das Bündnis zwischen dem deutschen Reiche und Oesterreich, so nothwendig es ist, doch nicht über alle Wechselfälle erhaben, während ein in sich nur Provinzen, nicht Staaten duldendes GroßPreußen und ein ebenso wie dies Preußen organisiertes GroßOesterreich sicher mit einander gehn und handeln würden.

Ist aber auch eine in tiefster Seele befriedigende Ordnung der 1866 und 1871 endgültig verschobenen Verhältnisse jetzt unmöglich, das ist auf jeden Fall möglich, zu begreifen, daß ein MittelEuropa geschaffen werden muß, welches von dem Augenblicke an die Gewähr des Friedens für den ganzen Erdtheil bietet, in welchem es Russland vom schwarzen Meere und damit von den Südslaven abgedrängt, und deutscher Colonisation — denn wir sind ein Bauernvolk — im eignen Osten einen breiten Raum gewonnen haben wird. Nur durch eine wenigstens nach Süden hin vollständige Internierung Russlands kann uns überdies unser geborener Bundesgenosse, Oesterreich, in leistungsfähigem Zustande erhalten werden.

Aber der Krieg, welcher dieses MittelEuropa herstellen muß, läßt sich nicht vom Zaune brechen. Alles was wir thun können, ist, unser Volk an den Gedanken zu gewöhnen, daß er kommen werde.

Was wir selbst zu thun haben, wird sich sehr klar aus der Antwort auf eine einzige Frage ergeben. Die Frage lautet: Wo ist der Nachwuchs für unsre Parlamentarier, unsre Gelehrten, unsre Musiker, unsre Staatsmänner? Welche Namen sind als die beachtenswerther Menschen seit 1866 neu aufgetaucht? wer gibt Hoffnung, in schlimmen Zeiten der rechte Mann an bedrohter Stelle sein zu werden? Die Antwort auf diese Frage muß lauten: Die geistige Verarmung unsrer Nation ist so weit fortgeschritten, daß Deutschland, so reich es an Maßregeln ist, an Männern den allerempfindlichsten Mangel leidet.

Charactere können sich im deutschen Reiche nicht bilden: kaum daß bereits gebildete Charactere in ihm sich zu erhalten im Stande sind.

Charactere bilden sich großen Ideen, innerlich mächtigen Menschen gegenüber: der Character ist der Abdruck, den das Ewige in empfänglichen Seelen zurückläßt. Im vollsten Sinne des Worts ist daher ein Character nur durch die Frömmigkeit zu erwerben: nur in ihr dauert er.

Die großen Ideen werden durch die allgemach über ganz Deutschland verbreitete preußische Art sie mitzutheilen alles Werthes beraubt. Ich habe in meinem ersten Aufsatze zum Unterrichtsgesetze Themen aufgezählt, welche auf Berliner Schulen bearbeitet worden sind: alles was in dieser Themen Bereich fiel, war für die Schüler — es gibt keinen andern Ausdruck als einen jüdischen — schofel geworden. Das

Uebergewicht der Naturwissenschaft rührt mit daher, daß die Wissenschaft des Geistes wenig mehr anweist als die advocatisch aufgeputzte Subjectivität der verschiedenen Parteien, und daß sie darum ehrliche Gemüther anekelt: man mag nur da leben, wo der Mensch nicht hinkommt mit seiner Qual: man mag die Geschichte nicht, wenn es eine katholische und eine protestantische oder gar eine jüdische Geschichte gibt. Die Nullität der Menschenwelt ist zur Zeit so groß, daß auch das Bedürfnis nach Religion sich auf das Gebiet der Naturwissenschaft geflüchtet hat: die auf diesem Gebiete herrschenden Hypothesen sind, obwohl sie für Wissenschaft ausgeschrieen werden, nichts anderes als Dogmen. Was lernen wir Nicht-Naturforscher auf der Universität als Theorien, Phrasen und Worte, was im sogenannten Leben als Formalien? Unsre Urtheile über Poesie, Musik und Philosophie sind die der Compendien und Recensionsfabriken, unsre Urtheile über Politik der Laich der in unserm Städtchen angesetzten Reptilien. An die Ideen selbst kommen wir vor lauter Bildung gar nicht mehr hinan.

Innerlich mächtige Menschen: nun, es ist wohl nicht nöthig auszuführen, daß sie fehlen.

Ebensowenig bedarf es einer Auseinandersetzung, daß die Blicke der Angehörigen des neuen Reichs nicht nach oben gerichtet sind: daß, wo man, oft in recht ehrlicher Selbsttäuschung, so thut als seien sie es, die Dogmatik als Surrogat für die Frömmigkeit eingetreten ist. Das weiß man aber ja, daß die Dogmatik zu allen Zeiten die Characterbildung ebenso gehindert, wie sie den Parteifanatismus und den harten, herrschsüchtigen Haß in den nicht immer wiedergeborenen Herzen der Dogmatiker befördert hat.

Die Liebe wächst an der Schönheit und der Güte, die Freiheit vom eignen Ich und von allem Kleinlichen an der Größe, die Demuth an der Kraft: mit andern Worten, der Mensch, das heißt, der Character, gedeiht an der Freude über das Göttliche.

Von solcher Freude aber ist im deutschen Reiche nicht das kleinste Körnchen zu finden. Es hat nie eine neue Schöpfung gegeben, welche überhaupt so unfroh gewesen wäre wie diese. Die Menge der Surrogate der Freude genügt es zu erweisen, wenn ja ein Beweis nöthig ist.

Charactere bilden sich an der Arbeit und an den Erfolgen der Arbeit. Es ist richtig, wir können Fabriken anlegen, an der Börse spielen, Schulbücher schreiben: wir können Geld verdienen. Können wir aber das Gute fördern? können wir das Schlechte vernichten? auch nur so weit, als es auf Erden thunlich ist? Wir fangen an zu kämpfen, und werden, der Eine früher, der Andre später, so müde, daß wir die Hände nicht mehr rühren mögen. Wenn wir dann noch etwas empfinden, was zur That gegen andre bestimmen müßte, sind wir so falsch, unsre Empfindungen zu bemeistern und unsre That hinunterzuschlucken: wir sind vielleicht hinterdrein unglücklich, weil wir haben falsch sein müssen: falls wir Neigung fühlen uns groß vorzukommen, gehn wir unter die

Anhänger Schopenhauers, denn Kampf und Unbequemlichkeit wird erspart, wenn man Kants Rath, so zu handeln, daß die Maxime der eigenen Thätigkeit Princip der allgemeinen Moral sein könnte, zu dem Grundsatze umgestaltet Siehe dein mit einigem guten Willen zu beseitigendes Unglück als den Erweis dafür an, daß die vorhandene Welt die möglich schlechteste aller möglichen Welten ist. Das Leben der Besten hat jetzt nur Einen Kehrvers, den: Es hilft doch Alles nichts. Der Deutsche des neuen Reichs wird mehr und mehr für das Gefühl reif, welches sein Kanzler nicht gerade klassisch als das der allgemeinen Wurschtigkeit bezeichnet: daß dies Gefühl zur Bildung des Characters beitrage, wird so leicht Niemand behaupten.

Wir sind liebenswürdig, wir sind correct. Der oberste Grundsatz der Frauenwelt, nichts Auffälliges zu thun, in nichts von den Uebrigen abzuweichen, beherrscht uns ganz. Wo soll da Character herkommen, welcher der vergehenden Welt gegenüber das Incommensurable, nur in der Ewigkeit das Rationale ist?

Man bedenke, welch ein Druck dem Vaterlande durch die liberaler Theorie wider das Leben und wider die Geschichte gelungene Gesetzgebung aufgelegt ist, und erwäge, wie schwer es sein muß, unter diesem Drucke sich nach eingebornen Werdenormen zu bewegen. Was ist aber Character anders als Selbstsinn? wenn man das Selbst als ein Gottgewolltes ansehen darf und ansieht.

Dazu kommt die große Armuth des Landes, nicht bloß der Gebildeten, von denen allein das Vorhergehende handelte, sondern aller Einwohner mit Ausnahme der die Früchte des Giftbaumes essenden. Soll da sich ein Character bilden können? Leute, welche um jeden Preis leben, oder aber unter allen Umständen gewinnen und genießen wollen, sind dem gegenüber unselbstständig, der ihnen Brot oder Differenzen verschafft. Der Unselbstständige aber kann keinen Character haben.

Gar ein Familiencharacter ist ganz unmöglich. Er wäre eine Verstärkung des persönlichen Characters: da dieser als nicht opportun angesehen wird, darf niemand ihm noch einen Rückhalt geben, niemand ihm einen Sockel unterbauen wollen, auf welchem er noch fester und höher stände. Familiencharacter würde den Satz vollends erweisen, daß nicht der Staat das letzte Ziel menschlicher Entwickelung ist: denn Familiencharacter wird der Natur der Sache nach vom Staate nicht hervorgebracht, und müßte doch, wenn er etwas wünschenswerthes wäre, falls der Staat als Inbegriff aller Güter zu gelten hat, von ihm hervorgebracht werden, in ihm eine logisch zu rechtfertigende Stelle finden.

Soll das Alles bleiben wie es ist? oder soll jeder, der sein Vaterland liebt, sich rühren, die abgeholzten Berge aufzuforsten, bevor der Regen auch das letzte Erdreich in die Tiefe geschwemmt haben wird?

Wenn der Character nicht erworben werden könnte und müßte, gehörte er gar nicht zum Ethos: die Naturanlage eines Menschen, eines

Geschlechts, eines Volks gibt in verschiedener Weise den Boden für seinen Character ab, identisch mit diesem Character ist sie nicht.

Kann aber der Character erworben werden, so muß er es werden. Die Zugehörigkeit zu einer Partei, die Hartnäckigkeit, mit welcher man die Stichworte dieser Partei wiederholt und verficht, die Intoleranz gegen die Feinde der Phrase und die Freunde zuverlässiger Untersuchung, das alles ersetzt den Mangel des Characters nicht, es macht diesen Mangel nur schädlicher und schwerer erträglich, weil es die Menschen hindert sich heilen zu lassen. Nichts bereitet dem höflicher Caesarismus genannten Despotismus sicherer und bequemer den Weg als das Parteiwesen: will man jenen nicht, weil er die Individuen zu Staub zermalmt, so muß man dieses ausrotten, weil es die Individuen so zermürbt, daß sie ohne Mühe zu Staub zermalmt werden können.

In der neuen Epoche unsrer Geschichte ist unsre Hauptaufgabe die, möglichst viele Menschen zu Personen, zu Characteren zu erziehen.

Meine Aufsätze sollen Einzelleben gegen den von einem einzigen Koche gequirlten, nach Belieben zum Feuer und vom Feuer geschobenen Brei loben, zu dem man unser edles Volk verschmoren will. Wir werden unserm Richter nicht als ihren Nachbaren gleiche Tropfen in einem Fasse deutschen Reichsextracts, sondern als Seelen vorgeführt werden, deren jede einzelne ihre eigne Pflicht und ihr eignes Recht hat, und deren jede einzelne verbunden ist zu kämpfen, wann ihr ihre Pflicht und das Recht verkümmert wird, das Vaterland dadurch zu schmücken, daß sie sich selbst schmückt, deren jede einzelne verbunden ist zu kämpfen, wann man ihr einreden will, daß nicht das Ja zu ihrem eignen Wesen, nicht die Uebereinstimmung mit Gottes sie schaffendem Willen, sondern das Ja zu den wechselnden Launen eines beliebigen Staatsmannes der Gegenwart oder der Zukunft und die Harmonie mit dem mistönigen Gesange der Frösche im Sumpfe das ist, was sie glücklich macht.

Meine Aufsätze sollen weiter das Erwachen einer jedem sich selbst achtenden Volke so dringend nöthigen conservativen Gesinnung ermöglichen helfen. Dem was jetzt und seit lange conservative Partei heißt, wird sich kein über die Bedürfnisse der Nation und die Lage der Dinge unterrichteter Mann anschließen können. Es muß sehr viel Ballast rücksichtslos über Bord geworfen werden, ehe man seine Güter in dies Schiff verstauen kann: ich habe mich bemüht den Ballast aufzuzählen. Man muß die Gewähr dafür bekommen, daß der Schiffer Curs zu nehmen und zu halten versteht: ich denke gezeigt zu haben, wohin wir steuern müssen.

Ein die Signatur der Zeit erkennender, nicht in Principienreiterei und abenteuerliche Romantik verrannter Papst hätte allerdings jeden Krieg gegen die ersten Falkschen Gesetze vermieden, und wenn ein Kampf entbrannt wäre, ihn thunlichst bald beigelegt. Jetzt hat das Papstthum durch jene Gesetze sogar trotz seiner thörichten Haltung den Vortheil bereits erworben, daß die Vormacht des Protestantismus den Protestantismus zum Tode getroffen hat: an dem Tage, an welchem

Rom sich überwindet, das neue preußische und deutsche Kirchenrecht formell anzuerkennen, wird es dem Protestantismus den Garaus gemacht, und den Iesuiten die Macht erworben haben. Leicht könnte der Sieg Bismarcks über Rom der Sieg Roms über Bismarck und Deutschland sein. Darum muß alles gethan werden, eine Deutschland eigenthümliche Gestaltung der Religion zu Stande zu bringen.

Um alles kurz zusammenzufassen: da der Gegensatz von Preußen und Oesterreich auf friedlichem Wege sich nicht beilegen ließ, mußten die beiden feindlichen Brüder durch einen Krieg von einander getrennt werden. Nachdem diese Auseinandersetzung vollbracht, nachdem durch den Kampf mit Frankreich die westliche Grenze Deutschlands fast völlig und die diplomatische und militärische Einheit der deutschen Staaten ganz gesichert ist, haben wir nunmehr die Aufgabe, unsre innere Einheit zu erarbeiten. Diese Aufgabe kann nur durch Rückgreifen auf den echt deutschen Individualismus unsrer Väter gelöst werden, der jetzt keinen Schaden mehr thun wird, da er in festem Rahmen beschlossen bleibt, der jetzt unumgänglich ist, damit die Form nicht des Inhalts entbehre. Alles kommt also darauf an, den einzelnen Menschen in seine Rechte einzusetzen. Damit er in diese Rechte eingesetzt werden köne, müssen einerseits Institutionen da sein, welche ihn über sich hinausheben, sind andrerseits alle Institutionen zu vernichten, welche ihn an der Entwickelung seiner wahrhaftigen Eigenthümlichkeit hindern: an erster Stelle ist das preußische Unterrichtswesen zu beseitigen.

Es ist manches Jahr her, seit ich mit meiner Klasse einen lieben Schüler zur Gruft geleitete, und von des Knaben Vater, der die Dienstleistung eines Geistlichen abgelehnt hatte, erst am Thore des Gottesackers gebeten wurde, am Grabe einige Worte des Trostes zu sprechen. Ich habe da nichts Schlechtes gedacht und gesagt, und doch die Scham über Alles was ich dachte und sagte, in meine Seele brennen fühlen: wer war ich, vor einem tiefen Schmerze, unter Gottes Himmel, in den dämmernden, noch herben Frühling hinein, mir das Wort über ewige Dinge anzumaßen? So wie damals, ja noch weit ernster und trauriger, ist mir jedes Mal zu Muthe, wann ich über vaterländische Angelegenheiten mich zu äußern unternehme. Damals fiel jeder Laut auf guten Boden: möchte es jetzt eben so geschehen. Wer sollte je den Mund über Heiliges aufzuthun wagen, wenn nur der Vollkommene über Heiliges reden dürfte?

Gedichte.

Da ich zum Handeln Kraft und Zeug besitze,
paßt es mir herzlich wenig, Worte machen.
Ich wäre lieber mitten in den Sachen,
statt daß ich einsam an Sonetten schnitze.
Und müßten's Worte sein, könnt' ich mit Witze
die Affen Gottes über den Haufen lachen:
geläng' es, predigend Wärme zu entfachen,
wo wechselnd jetzt regieren Frost und Hitze.
Doch da sich niemand selbst das Leben wählet,
und niemand selbst bestimmt, wie er will leben,
bin ich zufrieden, nicht am Reich zu bauen,
nicht göttliche Musik dem Volk zu geben,
nein, mühsam Steine fremdem Plan zu hauen,
und formvoll auszusprechen was mich quälet.

O Glocke, als dein Meister dich gegossen,
da herrschte Andacht rings in diesen Landen.
Noch lange Jahre ward dein Ton verstanden,
wann in die Ferne er vom Thurm geflossen.
Die jetzt dich hören, hören dich verdrossen:
kam ihnen ja in matten Zweifelns Banden,
in des Erwerbens Noth der Sinn abhanden,
der ihren Vätern was du meinst erschlossen.
Doch meine Seele schwebt auf deinem Klange,
und eint sich da mit unsrer Ahnen Seelen,
hofft was sie hofften, bittet wie sie baten.
Und wenn gleich Priester mir und Altar fehlen,
ich fürchte nicht, daß nicht auch ich gelange
in's Heiligthum, das jene schon betraten.

3
Nach dem Tode.

Des Kerkers Thüre brach: die Haft ist aus.
Was stehst du, Seele, zögernd an der Schwelle?
Verlaß für grünen Wald das graue Haus:
die Finsternis verlaß, und schwing dich auf ins Helle:
jetzt steht zum Himmel frei der ungehemmte Zug.
Doch zaudert sie noch an der alten Stelle.
Sie schaut sich an, und hat nicht Muth genug,
die Fittige, niemals noch entfaltet,
emporzubreiten zum ersehnten Flug.
Lichtlose UnNacht ists, die um sie waltet.
Sie sieht nicht, ist nicht blind, nicht taub, und höret nicht,
und alles vor ihr däucht sie nichtgestaltet.
Doch horch, ein schwellender Accord, der durch die Dumpf-
                                           heit spricht:
doch schau, ein Licht will durch die Nebel dringen:
o fühle den warmen Hauch, der durch die Fernen bricht.
Da regen leise sich die schlaffen Schwingen,
und rudern schüchtern in des Aethers Wogen:
ein jeder Schlag bringt froheres Gelingen.
Nun zieht sie, wie die Wandervögel zogen,
die einst sie neidete, als sie in reiche Ferne,
durch Herbst zum Lenz, hinüberflogen.
Milchstraßenschein, in Duft zerflossne Sterne,
und unten athmet dunkelgrün ein Meer.
Weit vor ihr, daß den Weg sie lerne,
schwebt jetzt ein göttlich Frauenbild einher,
bald Mutter, Schwester bald, bald Braut, bald Weib,
bald einsam Dienende, wie sie für Nächte schwer,
für Tage bang und heiß, wann mit dem Tod' ein Leib,
ein siecher, ringt, den Hulden Gottes lebt.
Selbstlose Liebe heißt das Weib,
um dessen Haupt ein Kranz von schmelzendem Silber schwebt
und seiner Trägerin stets wechselndes Gesicht
durch seinen milden Schimmer hebt:
die Seele schaut sie, aber sieht sie nicht,
ihr Schaun ist Ahnen bald, und bald Gedenken.
Wann dann zum Flug' einmal die Kraft gebricht,
wird sich die Seele auf die Wellen senken,
und leicht von ihrem schaukelnden Schwall getragen,
Meermädchen gleich die Fahrt zum Ziele lenken.
Schon sieht sie klar des Landes Küste ragen,
und einer unsichtbaren Sonne Strahlen,
wie nie sie leuchtete in Erdentagen,
den Strand, die Höhen, kühne Gipfel malen.
Hier sind die Fernen, die den Hauch gesendet,

deß Ahnung einst sie riß aus ihren Qualen:
hier her erklang der Ton, von Gott gespendet,
der Schlußaccord für ihre Melodien,
dem nach sie sich zu diesem Ziel gewendet.
O Licht nicht Licht, du mußt zum Quell mich ziehen,
aus dem dein glühend Dunkel sich ergießet,
zum Quell, aus welchem, klingend in Harmonien,
so Duft, so Glanz, so Hauch, so Wärme fließet,
von dessen seitwärts stäubendem Ueberschwang
die Menschheit lebt, und Baum und Blume sprießet.
Du dientest mir in Noth ein Erdenleben lang —
so sagt der Seele jetzt ein ungesprochnes Wort —
und all dein mir geweihtes Thun mislang:
in Ehren ewig diene mir hinfort,
und was du planen magst, es ist gethan.
Dich hemmt in deinem Dienste nicht Zeit, nicht Ort.
Siehst du ein Kind dem Neste der Natter nahn,
so wandle dich in eine Rose wild,
so gaukl' als Schmetterling auf nährer Bahn,
und täusch' hinweg vom Tode das süße Menschenbild,
das nach dir greifend jenem Gift entgeht.
Arglosem Wandrer sei ein ungesehner Schild.
Und wann ein Jüngling vor der Sünde steht,
so zaubre vor ihn seiner Mutter Grämen,
bevor sich abzuwenden es zu spät,
eh in der Lust die Schmerzen Anfang nehmen.
Zieh mit der Glocke Ton, daß er mit Menschenseele klinge,
der Trauer Trost, und Sehnsucht den Bequemen,
den Gruß des Lebens an die Gräber bringe.
Als nun die Seele dieses Wort vernommen,
da däucht sie sich am Ende aller Dinge.
Nicht darum, o mein Gott, bin ich hierher gekommen:
nicht darum dient' ich dir in jenen andern Landen.
Du weißt ja freilich, was zu meinem Frommen,
doch mache meine Hoffnung nicht zu Schanden.
Mein Herze brennt, dich endlich anzubeten
in Geist und Wahrheit, frei von allen Banden.
Ich will vor dir nicht knien, nicht stehn, vor dich nicht treten:
vor dir verschwindend will ich im Verschwinden leben.
Sei du des Cirkels Schluß und Fuß und Hand, im steten
Umschwung' um dich will deine Kreis' ich weben.
Sei Sonne du, ich will dein Leuchten sein,
und ungeschieden von dir in die Weiten schweben.
Ich Ringes Gold, sei du mein Edelstein,
in mich für alle Ewigkeit gebunden.
Dein Strahlenglanz, er gilt allein,
ich bin nur Träger, um deinen Blick gewunden.

Das Lied ist aus: ich weiß nicht wie es endet.
so Bild so Wort sind meinem Geist geschwunden:
wann ich vollendet habe, wirds vollendet.

4
Rosseck.

Sie sagen, du seiest tot, Vater Woden,
und doch hörtest du noch, als ich dich rief.
Thu die Tarnkappe weg,
daß ich dein Land erschaue,
die Quellen schaue, die zur Donau laufen,
zum schwarzen Meere, wo deine Gothen wohnten,
und deiner andern Kinder Enkel wohnen werden:
daß die Kette mir blaue,
welche den Rhein verhüllt,
und des Wasgenwaldes nun wieder deutsche Kuppen.
Da hörtest du: der Nebel zerriß,
und deine Sonne leuchtete über die Opferstätte.
Nordwärts eilten die Wolken wie weiße Stuten,
anspringend, die Gipfel mit den Hufen stampfend.
Aber du zürnest, Vater,
hüllst dich wieder ein,
denn undeutsches Gezücht sah dein Auge.
Doch wohnen dir unten im Thal' und auf fernen Hügeln,
wohnen am Meere, das der singende Schwan überfliegt,
Diener, die deiner harren,
und deines Sohnes Hammer noch schwingen werden.
Balder und Frick wachen wieder auf.
Blondlockige, blauäugige Jugend
wirft den Ball auf der Wiese,
mit den baaren Füßchen den Dost zertretend,
von Baches Ranft deine Sterne zu Kränzen windend.
Der Jüngling bricht die Scholle um für neue Saat:
unter der braungoldnen Aehren Fluth rauscht seine Sense:
bald naht der Binderinnen hurtige Schaar.
Durch das Tännicht wandelt zur Arbeit morgens der Mann,
wann es den Athem anhält,
deines Geriesels linde Tropfen trinkt:
ergebt sich im herben Eichwald' Abends,
silbernen Mondwebens voll die Seele.
Den Greis in der Zelle umfliegen deine Raben,
Erinnerung und Gedanke,
daß er Deutschland Heilsames sinne,
nicht wie ein vaterlandsloser Narr dem Erdball.
Und für alle hütet im umfriedeten Hause
die deutsche Mutter den Herd.
Schütze, Vater Woden, vom Wasgenwalde
bis wo der Borysthenes neudeutsche Fluren gränzt,

schütze von der Nordsee Strande zur Adria,
was deines Blutes ist und deines Geists.
Die Stämme laß, ein ungelöset Bündel,
nur dann sich trennen, wann an den Marken Feinde drohn,
westwärts die einen, ostwärts die andern schirmen:
im Norden und Süden wohnt ein befreundetes Geschlecht.
Die Fürsten vorauf dem Volke in Zucht und Denken,
das Volk folgend dem, der Vorbild lebt und vorwärts geht.
Und jede Woche sammeln vom Haus am Bühel,
von des Flusses Ufer im tiefen Thale,
aus des Bergwalds friedlich beschlossenem Heim,
deine Kinder sich zur Opferstätte,
anzubeten vor dir, zu danken und zu bitten.

Die Stellung der Religionsgesellschaften im Staate.

2

Schon mehrere Male habe ich öffentlich beklagt, daß das Verhältnis des Menschen zu Gott jetzt in Deutschland mit dem Fremdworte Religion bezeichnet wird.

Es ist bekannt, daß J. G. Fichte in seiner vierten Rede an die deutsche Nation von den drei Wörtern Humanität, Popularität, Liberalität, behauptet hat, sie seien, vor dem Deutschen, der keine andre Sprache gelernt, ausgesprochen, demselben ein völlig leerer Schall. Wer eine Begründung dieser Behauptung bedarf, mag sie bei Fichte suchen.

Mit dem Worte Religion verhält es sich um nichts besser als mit jenen dreien. Darum wäre es thunlichst zu vermeiden: die Thatsache, daß es ganz allgemein umläuft, wird nachdenkenden Menschen erweisen, daß die durch das Wort Religion bezeichnete Sache in dem dies Wort brauchenden Theile Deutschlands nicht die Stelle einnimmt, welche ihr allem Anscheine nach zukommt.

Aegypter, Hebräer, Griechen, Römer haben zur Bezeichnung des Verhältnisses des Menschen zu Gott ein allgemeines Wort nicht. Weil ihnen allen Gott nicht, wie den protestantischen Deutschen, der Himmel, sondern eine Person ist, darum verwenden sie zum Ausdrucke ihrer Beziehungen auf Gott dieselben Vocabeln, welche sie zum Ausdrucke der Beziehungen des Menschen zu andern Personen verwenden.

Der Semit vermag seinen Islâm sowohl Gott als Menschen zu widmen: erst der vorzugsweise Islâm genannte Muhammedanismus hat das Wort in beschränkter Bedeutung gebraucht. Demüthig sich der Leitung eines andern überlassen, mag diese Leitung Gebote in Betreff des praktischen Verhaltens geben, oder die Sicherheit gewähren, daß sie im Ergehn des sich Hingebenden alles zum Besten hinausführen werde, das ist Islâm.

Der Grieche hat vor großen Menschen wie vor Göttern Ehrfurcht, nur vor Göttern eine ernstere, scheuere als selbst vor den besten Menschen.

Das römische relligio bedeutet den Göttern und den Menschen gegenüber gleichviel, die peinliche Sorgfalt, welche dem relligio Einflößenden gegenüber nichts denkt, nichts sagt, nichts thut was unpassend wäre und ihn verletzen könnte.

Niemand in Deutschland, der nicht den lateinischen Sprachgebrauch kennt, verbindet mit dem Worte Religion den Begriff, welchen seine Urheber, die Römer, mit ihm verbunden haben: man darf sagen, niemand verbindet mit demselben überhaupt irgend welchen Begriff, irgend welche Anschauung. Religion steht mit Gemüthlichkeit auf einer und derselben Stufe, von der jeder spricht, die jeder bis zu einem gewissen Grade empfindet oder vermißt, die er aber nicht definieren kann.

Mir ist nicht fraglich, daß die deutschen Katholiken die Religion nicht oder sehr wenig im Munde führen. Sie haben in concreter Form eine lebendige Beziehung zu Gott, darum ist ihnen die Schublade gleichgültig, in welche die Protestanten die ihnen gebliebenen Krümel früher besessener Beziehungen zu Gott hineinlegen, um ihrer nicht ganz verlustig zu gehn.

2

Die Religionsgemeinschaften, das heißt, die Vereinigungen derjenigen Menschen, welche eine und dieselbe Religion haben, stehn sammt und sonders im Rahmen, das heißt, unter der Aufsicht, des Staats, freilich nur in dem Sinne dieses Worts, welcher sich aus dem Nachfolgenden ergeben wird.

Kein Mensch kann einem andern Menschen, keine Gruppe Menschen einer andern Gruppe oder irgend welchen einzelnen Menschen anders gegenüber stehn, als unter den für das Gegenüber- und Nebeneinanderstehn vom Staate auferlegten Bedingungen. Der Staat ist eben die Anstalt, welche die Formen für das Zusammenwohnen findet und festsetzt. Die vom Staate auferlegten Bedingungen sind rein formaler Natur, so lange die, denen sie auferlegt wurden, nicht durch ihr Verhalten — ich sage nicht: durch ihre Grundsätze — erweisen, daß sie andere neben sich thatsächlich — ich sage nicht: principiell — nicht dulden.

Menschen können mit Menschen nur in den Formen des Rechts verkehren, das Recht aber wird — allerdings in höherem Auftrage — gebahnbaht durch den Staat.

Die Wissenschaft, die Kunst sind in dieser Hinsicht ganz in der gleichen Lage wie die Religion: autonom wie sie, aber in den Staat formell eingefügt.

Der König selbst steht unter der Aufsicht des Staats. Würde er wahnsinnig, begienge er Verbrechen, so wären es Organe des Staats, welche gegen seinen Wahnsinn, gegen sein Verbrechen einschritten. Trotzdem ist die königliche Gewalt wesentlich andern Ursprungs und andern Inhalts als die Staatsgewalt. Man weiß, in wie starken Ausdrücken Friedrich Wilhelm IV sich über den nicht bloß durch Gesetze ihn einengenden Racker Staat zu beklagen liebte. Man hat erfahren, daß, als Kaiser Wilhelm bei der Gründung des drei-Kaiser-Bundes zwei nichtpreußischen Ministern den schwarzen Adler-Orden verlieh, der Fürst von Bismarck den Staatsminister von Thile, welcher diese, nach der wo es Noth thut stets festgehaltenen Annahme, recht eigentlich in das Gebiet persönlichen Beliebens des Landesherrn gehörende Verleihung mit den nöthigen Anschreiben versehen hatte, wenig glimpflich beseitigte. Und was wird vom Staate geleistet, wenn der Fürst einmal etwas thut oder erlebt, was dem Staate nicht paßt. Jeder König und jeder Kronprinz erinnert sich, wie oft amtlich seine Worte abgeleugnet, wie oft ihm Worte in den Mund gelegt werden, die zu sprechen ihm nie eingefallen ist. Sogar an der eigentlichen Geschichte vergreift sich der Staat durch offne Fälschungen. Was hat der Staat Schweden über den dreißigjährigen Krieg, namentlich über die von ihm verfügte Zerstörung Magdeburgs, halb-amtlich gelogen? Der große Kurfürst unterstand sich, nicht völlig correct so zu sterben, wie es die Staatsraison erheischte: der Staatsminister von Fuchs verbesserte die Erzählung des Herganges und hieß sie verbessern (Droysen IV 4, 169), bis sich alles ganz erbaulich und hochpolitisch lesen ließ. Als Kaiser Wilhelm für die ihm nach Hoedels Mordversuche gezeigte Theilnahme dankte, äußerte er sich zu bestimmt über den noch nicht vor dem Gerichte abgeurtheilten Fall: die Nationalzeitung vom 17 Mai 1878 (Nummer 227) druckte das Schreiben in echter Gestalt, nachmals (Goettinger Zeitung 4396) wurde ein „anscheinend" in den betreffenden Satz hineincorrigirt. Als der greise Monarch am 5 December 1878, von Nohilings Schrotschüssen nothdürftig geheilt, nach Berlin zurückkehrte, stimmte nach der Nationalzeitung vom Abende des Tages die Musikbande der Ehrenwache den russischen Praesentiermarsch an: der Staat fand die Thatsache für den, der sie angeordnet, und für den, der sie geduldet, nicht passend, daher die Blätter der Provinzen (zum Beispiel die Goettinger Zeitung Nummer 4567 vom 6 December 1878) zu melden hatten, es sei bei dieser Gelegenheit Heil dir im Siegerkranz geblasen worden. Papst Pius IX hat manche Rede geredet, welche seine amtlichen Organe gar nicht oder in stark berichtigter Gestalt brachten: der Staat, vertreten durch Antonelli, war eben klüger als der heilige Vater, und bevormundete ihn. Was beweist das Alles, als daß auch die Fürsten der Oberaufsicht des Staates unterliegen? und da will sich der Kaplan Halbhuber oder der Diaconus Pühseke weigern sie anzuerkennen?

3

Die Religion ist andern Ursprungs und andern Wesens als der Staat, muß sich aber in ihren Aeußerungen, soweit dieselben Rechtsverhältnisse zur Folge haben, dem Staate unterordnen.

Thatsächlich hat es noch nie eine Religion gegeben, welche sich nicht sogar der Nothwendigkeit dem Staate nachzugeben gefügt hätte, woferne dieser Staat die öffentliche Meinung von der Unhaltbarkeit der zu beseitigenden Religionslehren überzeugen konnte.

Die Juden halten ein Buch für heilig, das auch der christlichen Kirche in allen ihren vielen Unterabtheilungen für heilig gilt, das sogenannte Gesetz Mosis. Dies Gesetz erlaubt nicht nur die Polygamie, sondern in Einem Falle fordert es dieselbe: wenn ein verheiratheter Mann stirbt ohne Kinder zu hinterlassen, so muß sein

Bruder die Witwe ehelichen, und die von ihm mit ihr erzeugten Kinder auf des Verstorbenen Namen schreiben lassen. Die Polygamie der Juden ist trotz ihres vermeintlich göttlichen Ursprungs an dem Abscheu gefallen, welchen die Deutschen — die Heiden, heißt es auf jüdisch — vor ihr empfanden: der Rabbiner Gerschom aus Mainz hat sie im Anfange des eilften Jahrhunderts verboten. Diese Heiden wußten eben über das Wesen der Ehe besser Bescheid als Adonai, und Adonai fügte sich den Unbeschnittenen.

Das Gesetz bestimmt V 20, daß neuverheirathete Juden nicht in den Krieg zu ziehen brauchen: es bestimmt V 23, daß jeder in den Krieg ziehende Jude am Gürtel eine Schaufel hangen haben müsse, um seine Losung gleich nachdem er sie geliefert, einzugraben. In keinem europäischen Staate, der Juden zum Kriegsdienste heranzieht, darf der neuverheirathete Jude zu Hause bleiben: jene Schaufeln sind bei den als Soldaten dienenden Juden nirgends sichtbar. Trotz des angeblich von Gott selbst gegebenen Gebotes sind sie es nicht, trotzdem nicht, daß der Pentateuch einen Bestandtheil auch der christlichen Bibel bildet.

Die christliche Kirche hat das Zinsnehmen unbedingt verboten. In der ganzen christlichen Welt werden gleichwohl Zinsen gefordert und gezahlt: der päpstliche Graf Langrand Dumonceau hat in Belgien mit bekanntem Erfolge das Kapital christianisiert, was doch wohl ohne Zinsnehmen nicht abgegangen ist.

Den Franciscanern ist das Geld untersagt. Sie reisen aber auf Post und Eisenbahn vermuthlich nicht ohne ihre Fahrt zu vergüten. Eine Fiction muß sie schützen: das Gebot der Kirche wird auch durch die Fiction mit Füßen getreten.

Auch an die Durchlöcherung der Fastengebote der Kirche ist zu erinnern.

Was die Religionsgemeinschaften in diesen Punkten gethan haben, werden sie auch in andern Punkten thun, sobald es lächerlich oder unmöglich geworden sein wird, dem Zeitgeiste zu widerstehn.

Was beweist das aber anderes, als daß jede Religion nachgibt wo sie muß? daß sie eine Gewalt anerkennt, welche mindestens in gewissen Angelegenheiten, mag sie dieselben anfänglich noch so sehr für wesentliche Bestandtheile des Heiligthums erachten, über ihr steht und ihr wider sie selbst über sich hinaushilft? mit andern Worten, daß sie in der Geschichte, und also auch im Staate steht?

4

Einen deutschen Staat hat es noch nie gegeben. Das römische Reich deutscher Nation, die aus ihm entstandenen Staaten, und das über und neben diesen stehende deutsche Reich haben verschiedene Bestimmungen über die Stellung der Religionsgemeinschaften getroffen, ohne daß diese Bestimmungen irgend wen befriedigt hätten und befriedigten.

Da sie niemanden befriedigen, ist unnütz sie meinen Lesern

vorzulegen, was auch einen stattlichen Quartband in Anspruch nehmen würde.

Da sie niemanden befriedigen, ist nöthig Vorschläge für neue
Bestimmungen zu machen, was gerade dann auf wenigen Seiten
geschehen kann, wenn es gelingt, das der Sache Entsprechende zu
treffen. Das Wahre ist stets das Einfache.

5

Die erste Frage, welche beantwortet werden muß, ist die, ob
irgend welche der in Deutschland thatsächlich bestehenden Religionsgesellschaften so beschaffen ist, daß wir uns ihrer zu entledigen
wünschen müssen.

Die Antwort lautet: sie sind alle mit einander unerwünscht.

Ich verweise auf den ersten Band meiner deutschen Schriften, in
welchem in Betreff der katholischen und protestantischen Kirche für
unbefangene Leser alles steht, was in Betreff ihrer hier in Betracht
kommt. Daß die gutgesinnten Blätter über jenen Band nicht haben
reden dürfen, ist ein Beweis nicht gegen, sondern für ihn.

Nur ein Citat will ich dem über den Protestantismus dort Vor-
getragenen nachschicken, ohne den Inhalt des Citats mir anzuzeigen.
In einem im Jahre 1817 geschriebenen Briefe an Knebel sagt Goethe
(II 229 der Brockhausischen Ausgabe von 1851): Pfaffen und Schul-
leute quälen unendlich, die Reformation soll durch hunderterlei
Schriften verherrlicht werden: Maler und Kupferstecher gewinnen
auch was dabei. Ich fürchte nur, durch alle diese Bemühungen
kommt die Sache so ins Klare, daß die Figuren ihren poetischen,
mythologischen Anstrich verlieren. Denn unter uns gesagt, ist an
der ganzen Sache nichts interessant als Luthers Character, und er
ist auch das einzige, was der Menge eigentlich imponiert. Alles
übrige ist ein verworrener Quark, wie er uns noch täglich zur Last
fällt. Worauf Knebel antwortet: Was Du mir wegen des bevorste-
henden Reformationsfestes schreibst, ist ganz in meiner Gesinnung.

War Goethe etwa unfähig zu sehen? war er, der höchst
aristokratische Minister, war der Kammerherr von Kuebel, einst
Erzieher eines Prinzen von Weimar, durch radicale und unideale
Vorurtheile beeinflußt? Mir scheint es äußerst gewagt zu sein,
unsrer Epoche eine von unserm ersten Dichter so wegwerfend be-
handelte Kirche als diejenige anzupreisen, der sie die Leitung ihres
geistigen Lebens anzuvertrauen habe.

Hier ist nur noch vom Judenthume zu sprechen, das in den
letzten Jahren sich selbst in den Vordergrund gedrängt hat, und
sich darum nicht wundern darf, wenn man von ihm Notiz nimmt.
Es kann der Empfindlichkeit seiner Bekenner nicht zugestanden
werden, daß, während wir über die Kirchen unumwunden uns aus-
sprechen, die Synagoge aller Kritik entzogen bleiben müsse.

Ganz abgesehen von dem Inhalte des Judenthums ist es unerwünscht, weil es fremd ist, und durchaus als etwas Undeutsches
und Widerdeutsches empfunden wird.

I. D. Michaelis hat 1782 im neunzehnten Theile seiner Bibliothek 11 mit vollem Rechte, wenn auch in der ihm eigenthümlichen philiströsen Art, darauf hingewiesen, daß es die Absicht der Gesetze Mosis sei, den Juden die völlige Naturalisation und Zusammenschmelzung mit andern Völkern unmöglich zu machen oder doch zu erschweren, sie als ein von andern Völkern abgesondertes Volk zu erhalten. Diese Absicht ist — das sind seine Worte — so durch und durch in Mosis Gesetze bis auf die von reinen und unreinen Speisen eingewebt, daß sich das Volk nun wider Alles was wir bei andern Völkern sehen, in seiner Zerstreuung 1700 Jahre lang als abgesondertes Volk erhalten hat, und so lange die Juden Mosis Gesetze halten, so lange sie zum Exempel nicht mit uns zusammen speisen, und bei Mahlzeiten, oder der Niedrige im Bierkrug, vertrauliche Freundschaft machen können, werden sie (von einzelnen rede ich nicht, sondern von dem größten Theil) nie mit uns so zusammenschmelzen wie Catholike und Lutheraner, Deutscher, Wende und Franzose, die in Einem Staate leben.

Michaelis wußte noch nicht, was ich zuerst ins Licht gesetzt zu haben meine, daß das jüdische Gesetz seine uns vorliegende Gestalt durch Esdras und zwar eben zu dem Zwecke erhalten hat, welchen Michaelis bei Moses voraussetzte, die Juden von den neben ihnen in Iudaea wohnenden stammverwandten Völkern zu scheiden, daß die Pharisäer, welche der jüdischen Nation ihren Character gegeben haben, Pharisäer, das heißt Separatisten, heißen, nicht weil sie sich von der Welt, sondern weil sie sich von den NichtJuden ferne hielten.

Diese Fremdheit betonen die Juden, welche den Deutschen trotz ihrer gleich gestellt zu werden wünschen, durch den Styl ihrer Synagogen alle Tage selbst auf die auffälligste Weise. Was soll es bedeuten, Ansprüche auf den Ehrennamen eines Deutschen zu erheben, und die heiligsten Stätten, die man hat, in maurischem Style zu bauen, um nur ja nicht vergessen zu lassen, daß man Semit, Asiat, Fremdling ist?

Das einzige, was die Juden mit den der christlichen Kirche angehörenden Deutschen gemeinsam haben, das alte Testament, macht die Verschiedenheit der beiden Nationen nur fühlbarer. Da die Wissenschaft vom alten Testamente noch in den allerersten Anfängen liegt, ist kein Tribunal da, die weit auseinander laufenden Ansichten der beiden Religionsparteien über das von ihnen verehrte Werk abzuurtheilen: von hüben und drüben nimmt man in den Untersuchungen über dasselbe von einander längst keine Notiz mehr.

Daß die äußere Erscheinung der Juden mächtig beiträgt, im deutschen Volke das Bewußtsein zu erhalten in den Juden Ausländern gegenüber zu stehn, ist ein großes Unglück, das hier nur beiläufig erwähnt werden kann.

Sogar Juden fühlen, daß ihre Anschauungen nicht nach Deutschland gehören. A. Geiger hat in seiner andern Zeitschrift I 169 170 spottend fünf Fragen mitgetheilt, welche die Candidaten des jüdischen Seminars zu Breslau im Jahre 1862 bei der Prüfung zu beantworten hatten : ich überlasse meinen Lesern zu entscheiden, ob eine Religion, welche von ihren Dienern Wissen über die von diesen Fragen gestreiften Materien als eine Bedingung ihrer Thätigkeit als Diener der Religion verlangt, die Religion wünschenswerther Insassen irgend eines europäischen Staates ist. Ich schreibe die Fragen her : das Deutsch ist das Deutsch A. Geigers.

1. Wenn ein Vogel geschlachtet, dann von ihm ein Viertel Fett mit zwanzig Vierteln eines andern Vogels vermischt worden, ebenso ein olivengroßer Theil seines Fleisches unter 20 anderen gleichgroßen Theilen, diese 21 Viertel aber wieder unter 100 andere Viertel, ebenso die 21 Fleischoliven unter 100 andere Oliven kamen, sich dann aber an dem Adergeflechte des Vogels eine Wunde findet: was ist über das Fett, was über das Fleisch zu bestimmen? Wenn auch der Magen unter 100 andere Magen vermischt worden, wie ist über diese zu bestimmen? — 2. Wenn die Lunge an die Seite des Viehes angewachsen ist mit einem ihrer Lappen und mit ihrem Haupttheile, zumeist aber mit dem Lappen, die Lunge aber ist mager, wird dann gebraten oder ohne Brühe gekocht zusammen mit einer fehlerfreien fetten Lunge, was ist über diese zu bestimmen? Wenn die fehlerfreie Lunge auch mager, aber einige Brühe im Topfe ist, wie dann? — 3. Wenn ein Fisch gesalzen worden, so daß das Blut ihm bereits entzogen ist, er dann aber zu einem Vogel gelegt wird, der jetzt gesalzen wird, und dort einige Zeit liegen bleibt: was ist über ihn zu bestimmen? — 4. Wenn ein Scheidebrief vor uns kommt, in welchem der Mann bezeichnet wird als Ruben, welcher genannt wird Abraham, dann kommen zwei Zeugen, welche behaupten, es müsse umgekehrt heißen: Abraham, welcher genannt wird Ruben, dann treten wieder zwei Zeugen mit der Behauptung auf, der Scheidebrief sei ganz richtig geschrieben, der Mann heiße: Ruben, welcher genannt wird Abraham: darf die Frau auf diesen Scheidebrief hin sich wieder verheirathen? Sollte dies nicht gestattet sein, wie ist zu verfahren, wenn sie sich bereits wieder verheirathet hat? — 5. Darf in den Scheidebrief eine Bedingung gesetzt werden, und wann mag dies geschehen? Muß die Bedingung dann in doppelter Form ausgedrückt werden, wenn die Scheidung als vom Augenblicke an gültig damit bezeichnet werden soll?

Geigers und seiner Genossen Spott hilft gegen solche Anschauungen gar nichts: dieselben sind, wie schon ihre Pflege auf dem Breslauer Rabbinerseminare lehrt, die nothwendigen Consequenzen des Judenthums. Je sorgfältiger derartige Raritäten vor NichtJuden geheim gehalten werden, desto deutlicher ist erwiesen, daß sie zum Wesen der jüdischen Religion gehören, und daß die Juden selbst fühlen, welche Behandlung sie von Europäern des neunzehnten Jahrhunderts um ihrer willen verdienen.

Aber nicht allein die Juden sind uns fremd, auch wir sind
ihnen fremd, nur daß sich ihre Abneigung, wo sie unter sich zu
sein wähnen, in giftigen Haß umsetzt, und daß sie zu diesem Hasse
noch einen alles Maß übersteigenden Hochmuth hinzufügen: sie
sind, wie der freche Ausdruck lautet, gleichberechtigt mit Agio.

· Verständigere Juden sind über diese Thatsache durchaus nicht
im Unklaren. Der bekannte Popularphilosoph Moritz Lazarus hat
in der zweiten Nummer des literarischen Centralblattes von 1871
die Ungeheuerlichkeiten des Breslauer Professors Graetz offenbar
in der Absicht zusammengestellt, um dem Vorwurfe die Spitze ab-
zubrechen als haßten die Juden sämmtlich eben den Deutschen,
dem sie sich gleichzustellen wünschen und dessen Gastfreundschaft
sie vorläufig genießen.

Die Germanen sind für Graetz die Erfinder des gemeinen
Knechtssinnes: den geläuterten Geschmack, das lebhafte, rücksichts-
lose Wahrheitsgefühl und den Freiheitsdrang verdanken die Deutschen größten Theils den beiden Juden Börne und Heine. Lessings
Nathan gehört eigentlich der Judenheit an, weil Lessing in der Zeit
seiner Entstehung von Mose Wessely Geld borgte.

Das sogenannte Mittelalter ist für den berühmten Abraham
Geiger natürlich ein Abgrund voll Nacht und Greuel. Geiger war
der bitterste Feind des Breslauer Judenthums, dessen Leiter Grätz
er in seinen nachgelassenen Schriften V 257 unter dem 12 Februar
1862 einen Schwindler und Charlatan von der ersten Sorte nennt,
obwohl ihm ein schelmischer Freund am 23 April 1866 in seiner
andern Zeitschrift IV 144 sagen durfte, Grätz stehe ihm ferne und doch
wieder zu nahe: das heißt doch, er sei jenem durchaus nicht un-
ähnlich. Aber auch Geiger hegte über die Deutschen im wesentlichen
dieselben Ansichten wie sein Todfeind. Ich entnehme seiner andern Zeitschrift VIII 242 243 ein paar Sätze, deren erhabener
Schwung seine Wirkung auf empfängliche Gemüther um so weniger
verfehlen wird, als die in ihnen mitgetheilten Thatsachen völlig · neu
scheinen.

Mit dem Ausgange des zwölften Jahrhunderts, erzählt uns der
gelehrte Mann, hatte das Mittelalter in seiner Vermählung mit dem
Christenthum den Höhepunkt erreicht, der überhaupt auf diesem
Wege im geistigen Leben zu erklimmen war, und es gelangte zu
ihm nur durch die wirksame Unterstützung der arabischen Wissenschaft, die ihm durch die Juden vermittelt wurde. Diese Höhe er-
reichte, insofern sie klar erschaubar war, nur eine mäßige Erhe-
bung, und war, insoweit sie kühner emporragte, von den dichtesten
Nebeln bedeckt. Ein solcher Abschluß einer höchst unvollkomme-
nen Entwickelung führte nur zur härtesten Erstarrung wie auch
zur Fäulnis und zur Zersetzung. · Die erweckten selbstständigen nationalen Kräfte versuchten das allgemeine Leichentuch, das sie gleichmäßig deckte, aufzuheben, jede nach ihrer Eigenthümlichkeit sich
zu frischem Leben neu zu gestalten, und dennoch brachten sie es

nur dahin, daß ihre gesunden Säfte den Zersetzungsprocess der veralteten geistigen Gebilde beschleunigten, ohne jedoch volle Neubildungen ins Leben rufen zu können, und die conservativen Mächte der herrschenden Scholastik, der festgewordenen Ueberlieferungen umschnürten ihrerseits die Geister mit noch engeren Banden . . . . Zur geistigen Befreiung der Völker war es nothwendig, daß diese wiederum die zwei Mächte neu für sich gewannen, welche schon einmal ihre weltgeschichtliche Aufgabe vollzogen hatten, und nun die Befreiung und Verjüngung der Menschheit unter ganz andern Verhältnissen wieder aufnehmen mußten. Diese beiden Mächte voll des unversiegbaren geistigen Lebensgehaltes sind: das classische Alterthum, namentlich der Hellenismus, und das Judenthum, die hebräische Literatur . . . . . War die allgemeine Bildung ein Zerrbild des alten Griechen- und Römerthums geworden, und mußte sie sich durch den ungetrübten Anblick des edlen Vorbildes wieder läutern, so war die Religion ein Zerrbild des Judenthums, und konnte sich erst durch die volle Vertiefung in dieses wieder veredeln.

Meine Leser werden an diesen Proben bombastischen Blödsinnes wohl genug haben: seines Gleichen reißt in den Schriften der deutschen Juden gar nicht ab.

Neben solchen Leistungen der Gelehrten gehn die fanatischen Wuthausbrüche der Ungelehrten her.

Das 1851 erschienene jüdische Athenaeum erzählt mit Billigung, der jüdische Rechenlehrer Gunz in Prag habe, wenn ein Schüler seinen Vortrag nicht schnell genug aufzufassen vermocht, zu sagen gepflegt: Ich glaube gar, dein Vater ist ein Christ, und bemerkt, Bedenken gegen die Gewissenhaftigkeit eines schwörenden Juden könnten doch höchstens dann statthaft sein, wenn dem Juden schon in der Kindheit gelehrt worden wäre, daß das Blut seines Gottes alle Sünden, folglich auch den Meineid, abwasche. Und so fort sine gratia in infinitum.

Das Kreuz, schon zu den Zeiten des Paulus den Juden ein Aergernis, ist es vorzugsweise, was den Haß der Juden erregt. Es heißt Faden und Einschlag, damit nur ja das Wort Kreuz einen jüdischen Mund nicht verunreinige. Kein Geräth, das die Gestalt eines Kreuzes hat, darf gebraucht werden: auch hier wird das Wort Kreuz vermieden, und von einem griechischen Chi geredet: man lese was Immanuel Deutsch am 21 August 1878 in Rahmers jüdischem Literaturblatte über die Angelegenheit beibringt, und überlege was er verschweigt. In des Rabbiners Treuenfels israelitischer Wochenschrift nannte es ein Herr Wittkower aus Altona am 7 September 1870 — wohlweislich in hebräischer Sprache — ein todeswürdiges Verbrechen (awon pelili) und eine Entweihung des göttlichen Namens (chillûl haššêm), wenn die jüdischen Aerzte der Kriegslazarete mit der kreuzgeschmückten Binde des Genfer Vereins am Arme beteten, zumal dieses Kreuz an der Stelle sitze, an welcher die Thephillin zu tragen seien. Diese Aeußerung nimmt sich sehr

wunderlich neben den durch die Wochenschrift mit Eifer gebrachten Notizen über die Verleihung des eisernen Kreuzes an jüdische
Soldaten und Aerzte aus, da das eiserne Kreuz doch ohne Frage
ebenfalls ein Kreuz ist, und von jedem Deutschen als Kreuz angesehen und bezeichnet wird.

Wie fremd den Juden die Deutschen sind, erhellt auch daraus,
daß jeder ausländische Jude dem Empfinden der in Deutschland an-
gesessenen Juden näher steht, als jeder Deutsche, dem sie sich
doch gleichgestellt und gleichbehandelt zu sehen wünschen.

Die alliance Israélite ist nichts als eine dem Freimaurerthume
ähnliche internationale Verschwörung zum besten der jüdischen
Weltherrschaft, auf semitischem Gebiete dasselbe was der Iesuiten-
orden auf katholischem ist: ihr bloßes Dasein erhärtet, daß die in
Deutschland, Frankreich, England wohnenden Juden nicht Deutsche,
Franzosen, Engländer, sondern Juden sind. Wenn die Siebenbür-
ger Deutschen mit Füßen getreten werden, so ist die königlich
ungarische Regierung nicht zu Hause, und das deutsche Reich
sieht jene Deutschen pflichtschuldigst als Ungarn an: sowie einem
ungarischen Juden ein Gefährchen droht, springt der gerade regierende Hunne zu Hülfe, denn die jüdische Internationale würde
sofort das Nöthige veranlassen, wenn er nicht für ihre Pflegebefoh-
lenen einschritte, wären sie auch das reine Gesindel.

Jeder fremde Körper in einem lebendigen andern erzeugt Un-
behagen, Krankheit, oft sogar Eiterung und den Tod. Dabei kann
der fremde Körper ein Edelstein sein: die Wirkung wäre dieselbe,
wie wenn er ein Stückchen faulendes Holz wäre. Die Juden sind
als Juden in jedem europäischen Staate Fremde, und als Fremde
nichts anderes als Träger der Verwesung. Wollen sie Angehörige
eines nicht-jüdischen Staates werden, so müssen sie von ganzem
Herzen und aus allen Kräften das Gesetz Mosis verwerfen, dessen
Absicht es ist, sie überall außer Iudaea zu Fremden zu machen,
und sie müssen allen mit diesem Gesetze zusammenhangenden Anschauungen mit vollem Eifer und ganzem Hasse den Rücken kehren.
Denn dies Gesetz und der aus ihm stammende erbitternde Hochmuth erhält sie als fremde Rasse: wir aber können schlechterdings
eine Nation in der Nation nicht dulden. Staatsangehörigkeit und
Nationalität sind zwei sehr verschiedene Dinge. Jene erwirbt sich
auf dem Wege Rechtens, diese, wenn nicht durch die Geburt, nur
durch die neue Geburt, den Geist.

Wir werden — ich unterbreche meine Gedankenfolge, indem
ich dies hier einfüge — das Judenthum ganz gewiß nicht durch
irgend welche Verfolgung, sondern nur dadurch überwinden, daß
wir so lebendig wie möglich deutsch und evangelisch sind. Fort
muß jenes ganz und gar, aber durch unser Leben, nicht durch die
Hände des Büttels: niemand — das vergesse man nicht — hat je
mehr für das Judenthum gethan als Antiochus Epiphanes.

Bei alle dem, was ich bisher gesagt, ist — ich mache abermals darauf aufmerksam — auf den Werth und Inhalt der jüdischen Nation und Religion keine Rücksicht genommen worden: es genügte zu erweisen, daß Juden und Deutsche einander fremd sind: doch dürften kurze Andeutungen auch über jene beiden nicht unwillkommen sein.

In Betreff des angeblich jüdischen Monotheismus und anderer hergehörigen Dinge habe ich im ersten Bande meiner deutschen Schriften einiges beigebracht: hier stehe die Erinnerung daran, daß der erste der beiden so einflußreichen Moses, Moses Maimonides, zu dem jüdischen Ethnicismus einen sehr verhunzten griechischen Ethnicismus gefügt hat — er ist Aristoteliker in der Art, in welcher man im zwölften Jahrhunderte Aristoteliker sein konnte —: daß durch den andern, Moses Mendelssohn, zu diesen beiden Ethnicismen ein dritter, der in Nicolais und Biesters Kreisen landläufige deutsche Rationalismus, hinzugekommen ist. Sowohl jener Aristotelismus als dieser Rationalismus sind unjüdisch, aber auch undeutsch. Kann das ohne sie jetzt gänzlich inhaltlose Judenthum sie nicht loswerden, so mag es sie unserthalben behalten: auf keinen Fall wird es durch sie in nähere Gemeinschaft mit dem wirklichen Deutschthume kommen.

Alles was die Geschichte leugnet und verspottet ist wider die Nation gerichtet, deren Geschichte geleugnet und verspottet wird. Und wo finden wir die in Deutschland wohnhaften Juden? Stets auf der Seite derer, bei denen das geringste Verständnis für die deutsche Geschichte ist.

Seit Jahren habe ich ausgeführt, daß Semitisches nicht den Hebräern, Hebräisches nicht den Israeliten, Israelitisches nicht den Juden zugeschrieben werden dürfe. Was aus der allen Semiten gemeinschaftlichen Urzeit stammt, ist ein Erbe der Hebräer, nicht ihr Erwerb. Und so analog in den übrigen Fällen. Die Juden haben nicht das mindeste Recht, das jüdisch zu nennen, was ihre Vorfahren ihnen übermacht haben, und sie unbenutzt liegen lassen: es ist in jüdischen Händen, aber nicht jüdisch, weil es die jüdischen Herzen nicht erwärmt und nicht leitet. Das Evangelium nimmt alles auf, was irgendwo der Natur des Geistes Gemäßes gefunden worden ist: das Judenthum hat nur zwei Gesetze des geistigen Lebens entdeckt oder aus der Urzeit gerettet, und von diesen beiden wendet es sich mehr und mehr ab: denn weder beherrscht der Gedanke noch die Juden, daß jeder Augenblick des Daseins unter der Leitung göttlichen Willens stehn müsse, noch auch halten sie an dem Sabbath so fest wie früher, der die Nothwendigkeit von der Erde zum Himmel zu leben so eindringlich zu predigen pflegte.

Eisenmenger zeichnete ein Zerrbild des Judenthumes, aber Emmanuel Deutsch that es in nicht geringerem Grade, nur in einem andern Interesse, als Eisenmenger. Können Sie sich denken, fragte in Geigers anderer Zeitschrift XI 289 Th. Nöldeke seinen Freund

Geiger ehrlicher, aber unbequemer Weise, daß Jemand, der nichts
vom Talmud kennt, aus Deutschs Büchlein darüber eine Vorstellung
von demselben gewinnt? Wer aber, setze ich hinzu, über den
Talmud schreibt um Engländer über ihn zu orientieren, der fälscht,
wenn er es so thut, wie Deutsch es gethan hat, so nämlich, daß er
seinen Lesern gar keine Vorstellung von dem gibt was der Talmud
wirklich ist, sondern nur das heraussucht, was ihn modernem Empfinden empfiehlt, unter Umständen das erdichtet, was er als Advocat für seinen Clienten vortheilhaft zu sein erachtet. Das moderne Judenthum segelt stets unter falscher Flagge.

Nach dem im ersten Bande meiner deutschen Schriften über
den Katholicismus und Protestantismus und nach dem soeben über
den sogenannten Mosaismus beigebrachten ist es völlig unmöglich,
daß der Staat, die Anstalt, welche nur das Allen Gute ins Auge zu
fassen hat, diese drei Religionsgesellschaften irgend welcher Unterstützung werth halte. Der Staat darf dies nicht, weil jene drei
einer Unterstützung an sich unwerth sind: er darf es zweitens
nicht, weil das Vorhandensein dreier Religionsgesellschaften für den
Dümmsten erweist, daß keine einzige vom Interesse aller Staatsangehörigen getragen wird, und der Staat ja die Anstalt ist, welche
das allen Nothwendige oder Wünschenswerthe zu fördern hat: er
darf es drittens nicht, weil es die NichtJuden, NichtProtestanten,
NichtKatholiken vergewaltigen hieße, wenn man aus den von ihnen
gezahlten Steuern für die Erhaltung von Religionsgemeinschaften
etwas verwenden wollte, welche sie verabscheuen.

6

Nun hat aber die Nation das lebhafteste Interesse, die in den
verschiedenen Religionsgemeinschaften vorhandenen Reste und Keime
wirklichen Lebens zum Nutzen der Nation angewandt, sie hat das
weitere Interesse, diese Religionsgemeinschaften sich auf eine
einzige, sich mit der Nation wirklich deckende vermindern zu
sehen. Es wird jedem einer Religionsgemeinschaft angehörenden
Staatsmanne freistehn, diese für die der Zukunft zu halten: nicht
erlaubt ist, mehrere neben einander hergehende Religionsgemeinschaften als sittlich berechtigt zu erachten, und nicht erlaubt ist,
ihnen auch nur einen einzigen Pfennig aus den Steuern der Staatsangehörigen zuzuwenden.

Angewandte Religion ist stets individuell, Religion stets generell:
so gewiß Speise nicht nährt, wenn sie nicht vom einzelnen genossen und verdaut wird, und so gewiß nichts Speise ist, was nicht
von allen — ich sage, von allen — Gesunden genossen und verdaut werden kann.

Geistiges Leben wächst aus sich selbst, und wächst nur aus
sich selbst. Der Staat kann die Kunst, die Wissenschaft nicht
zwingen zu werden: er kann nur Anstalten treffen, diese Pflanzen,
wann sie gewachsen sind, vor dem Untergange zu schützen. Genau so
wie mit der Kunst und Wissenschaft, verhält es sich mit der Religion.

Nun setzt man ja voraus, daß in den Religionsgemeinschaften Religion bereits oder noch vorhanden sei. Was ist sonach nöthig, als diese Religionsgesellschaften sich selbst zu überlassen, und nur die Bedingungen festzustellen, unter denen sie sich selbst überlassen werden sollen?

Die Kirche hat in Deutschland einen sehr bedeutenden eignen Besitz gehabt. Dieser Besitz ist ihr — sagen wir höflich: entfremdet — worden. Der Staat ist der Rechtsnachfolger derer, die ihn ihr entfremdet haben. Er muß der Kirche zurückerstatten, was seine Erblasser ihr genommen.

Die Bischöfe und Aebte hatten in Deutschland vielfach fürstlichen Rang, und durch ihn auch die Verpflichtungen des weltlichen Fürstenthums. Was zur Befriedigung der nicht-kirchlichen Bedürfnisse der von geistlichen Herren verwalteten Landschaften nöthig ist, wird von der Masse des der Kirche zurückzustellenden Gutes abzuziehen sein.

Die Kirche ist in Deutschland durch die Bewegungen des sechszehnten Jahrhunderts in ihrem Besitzstande in soweit geschmälert worden, als sie gezwungen worden ist, ihr Eigenthum mit den weltlichen Fürsten zu theilen, deren Begehrlichkeit sie veranlaßte, sich der Reformation anzuschließen. Diese Schmälerungen sind durch den westfälischen Frieden als rechtsgültig anerkannt worden: bekanntlich decken sich Recht und Moral durchaus nicht immer. Der Reichsdeputationshauptschluß von 1804 hat weitere Veränderungen gebracht, deren Gültigkeit juristisch ebenfalls unanfechtbar ist.

Das Vermögen der Kirche ist mithin gegenwärtig das in liegendem Gute und in der Berechtigung gewisse Renten zu empfangen bestehende Vermögen der katholischen und der protestantischen Kirche, wie diese Kirchen im Augenblicke existieren. Es kann, wo es nicht bereits getheilt ist, nur nach der Kopfzahl der Bekenner getheilt werden, welche die verschiedenen Unterabtheilungen der Kirchen im Augenblicke der Theilung haben.

Es wird sich empfehlen, im Protestantismus die Lutheraner, Reformirten, Evangelischen und Protestanten zu scheiden, ein Jahr Zeit zu lassen, innerhalb dessen jeder einzelne mündige Nichtkatholik sich schlüssig zu machen hat, welcher der vier nichtkatholischen Denominationen er angehören will, und nach dem sich ergebenden Procentsatze das den nichtkatholischen Deutschen zustehende Kirchengut ihnen zu überweisen.

Für die sogenannten Altkatholiken wird aus dem Vermögen der katholischen Kirche nichts abfallen: wo ihnen ein Theil dieses Vermögens zugebilligt sein sollte, wird die Zubilligung als rechts- und vernunftwidrig zurückzuziehen sein.

Alles Recht ist formales Recht, und wird Recht dadurch, daß die zur Rechtsetzung befugten Personen in den für dies Geschäft vorgeschriebenen Formen das Recht festgestellt haben. Erkannten die deutschen Staaten die legale Existenz des Papstthums, erkannten sie Pius den neunten als den wirklichen Papst an, bestritten sie diesem Papste die Befugnis nicht, ein Concil zu berufen, und dem Concile die Befugnis nicht, Beschlüsse zu fassen, so waren und sind sie gehalten, alle, welche diesem Pius und seinem Concile nicht Folge leisten, als Rebellen anzusehen. Als der Fürst Chlodwig von Hohenlohe Einspruch gegen die Pläne der Iesuiten zu erheben rieth, als die mit non placet stimmenden Bischöfe sich nach Hülfe umsahen, da war es noch möglich die Proclamierung der Unfehlbarkeit zu hintertreiben: jetzt sind — Dank dem Fürsten Bismarck — die Altkatholiken nicht mehr werth als die Demokraten nach dem Erlaß der preußischen Verfassung, oder die weiland zweite preußische Kammer, welche das Herrenhaus für nicht rechtsgültig erklärte, nachdem sie die Frist, gegen die Art seiner dem Könige überlassenen Einrichtung Einspruch zu erheben, hatte verstreichen lassen. Man kann die Altkatholiken brauchen, etwa als hommes perdus im Kampfe um die Macht brauchen, wenn man sie — unbegreiflicher Weise — für tauglich zum Kämpfen hält: ein Recht haben sie nicht: sie sind in der katholischen Kirche was die Nihilisten im Staate sind.

Eine Verpflichtung des Staats über jenes alte Kirchengut in dessen vorher abgegrenztem Umfange hinaus irgend welche Zuschüsse zur Erhaltung der Kirche zu leisten besteht nicht, und wird so lange nicht bestehn, als nicht eine der Unterabtheilungen der Kirche im Alleinbesitze sämmtlicher deutschen Seelen sein wird.

Die der Kirche gehörenden Baulichkeiten und liegenden Gründe werden dem Bekenntnisse überwiesen, welches in den Gemeinden, in denen sie liegen, das der Zahl nach überwiegende ist. Ihr Schätzungswerth ist in der Gesammtsumme des den einzelnen Bekenntnissen zu übermittelnden Betrages zu verrechnen.

Zahlungsverbindlichkeiten, welche der Staat den bestehenden Religionsgemeinschaften gegenüber eingegangen ist, sind in der für solche Ablösungen üblichen Weise durch Kapitalgewährungen abzulösen.

Keine Religionsgemeinschaft darf jemals gezwungen werden, ihre Baulichkeiten der Benutzung anderer Religionsgemeinschaften zu übergeben. Benutzung dieser Baulichkeiten für politische Zwecke, wie für Wahlversammlungen politischen Charakters, ist als symbolischer Ausdruck des Satzes, daß Kirche und Staat streng verschieden sind, schlechthin und unter allen Umständen verboten: für Uebertretung dieser Bestimmung büßt der Vorstand der politischen Gemeinde, in welcher die Uebertretung vorfällt, aus seinem Dienst-Einkommen oder aus seinem Privatvermögen mit dem vollen Betrage des den Cultusbeamten der geschädigten Religionsgemeinde im Jahre zustehenden Gehalts.

Die Buße gehört der Kasse der geschädigten Religionsgemeinde. Sie, falls sie nicht freiwillig gezahlt wird, bei dem Ortsgerichte einzuklagen ist jedes mündige Mitglied der gedachten Religionsgemeinde berechtigt, so jedoch, daß die erste Klage jede zweite ausschließt.

Der Staat ist gehalten eine Oberaufsicht über das auf die angegebene Weise festgestellte Vermögen der verschiedenen Religionsgemeinschaften in demselben Umfange zu führen, in welchem er es — aus verschiedenen Gründen — über das Vermögen Minderjähriger und über Aktiengesellschaften führt. Denn er darf innerhalb seiner Grenzen keine Körperschaft aufwachsen lassen, welche im Stande wäre sich ihm als Rechtsmacht nebenzuordnen: wenn die großen den Kirchen gehörigen Kapitalien, die sich gerade beim Gedeihen der Kirchen erheblich vermehren würden, eine völlig autonome Verwaltung hätten, so läge die Gefahr vor, daß ein Staat im Staate entstünde. Das Aufsichtsrecht des Staates über das Vermögen der Kirchen dient nicht sowohl dazu, eine Bürgschaft für gute Verwaltung zu schaffen, als vielmehr wesentlich dazu, dem Gedanken Ausdruck zu geben, daß innerhalb des Staates alle Rechtsgeschäfte, auch die Rechtsgeschäfte der Kirchen, nur mit Erlaubnis des Staates vollzogen werden.

7

Da die Katholiken den Schwerpunkt ihrer Kirche außerhalb Deutschlands haben, die durch ihre Rasseneigenthümlichkeit auf einander angewiesenen Juden die Peripherie ihrer Synagoge über die ganze Erde ausdehnen, muß der deutsche Staat in der Lage sein, durch seine Ueberwachung zu hindern, daß deutsche Kapitalien für nicht-deutsche Zwecke verwendet werden: auch die Zwecke der in Deutschland seßhaften Synagogen müssen für deutsche Zwecke gelten. Nur der einzelne Katholik darf für den Papst, nur der einzelne Jude für nicht-deutsche Juden Geld aufwenden: das den deutschen Katholiken zurückerstattete Kirchengut, das von der in Deutschland wohnhaften Judenheit für Cultuszwecke gesammelte Vermögen muß ausschließlich seiner eigenthümlichen, in Deutschland selbst liegenden Bestimmung dienstbar erhalten werden.

8

Außer der Aufsicht über das Vermögen der Religionsgesellschaften hat der Staat auch die Aufsicht darüber zu führen, daß keine Cultusbeamten in Deutschland angestellt werden, welche ihre Bildung im Auslande empfangen haben. Der Staat hat auf die Bildung der Cultusbeamten sonst einen Einfluß nicht zu nehmen. Aber Rom ist der Feind Deutschlands, und wird es bleiben: Rom hat das Interesse, in dem Eigenschaftsworte römisch-katholisch die erste Hälfte zu betonen, wie alle Deutschen das Interesse haben, den Accent in ihm auf die andre Hälfte zu legen. Dies Interesse ist ein Staatsinteresse, da kein einziger ehrliebender Deutscher in Deutschland etwas specifisch römisches darf haben wollen. Römisch-katholische Priester sollen wenigstens — kein Dogma ihrer Kirche verbietet ihnen dies — in deutscher Luft auswachsen, damit Rom bei uns nicht noch mächtiger werde als es schon ist.

9

Daß jede Religionsgemeinschaft von der Anstellung ihrer Cultusbeamten dem Staate Anzeige zu erstatten hat, ist ebenso selbstverständlich, wie daß jeder Arzt seine Niederlassung an einem bestimmten Orte dem Staate melden muß. Das Interesse der Gesammtheit erfordert es, daß Männer, welche in irgend einer Weise einen bedeutenderen Einfluß auf ihre Mitbürger auszuüben vorhaben, dem Staate näher als andre bekannt seien. Ein Arzt, ein Prediger, ein Priester sind zu ausdrücklicher Meldung verpflichtet, nicht weil sie in den Augen des Staates niedriger, sondern gerade weil sie höher stehn als andre Menschen. Weil sie eine eindringende Wirksamkeit besitzen, darum behält sie der Staat auch späterhin fester im Auge als seine andern Angehörigen, ganz so wie er an einer Pulverfabrik oder einem Gasometer andre Vorsichtsmaßregeln trifft als an einem Kartoffelfelde oder einem Gänseanger.

Ebenso selbstverständlich wie das oben Verlangte ist es aber, daß der Staat sich um die Zurichtung der Cultusbeamten, wenn man den unlängst besprochenen Punkt ausnimmt, gar nicht zu kümmern hat.

Ich habe bereits 1875 das sogenannte Culturexamen einer Kritik unterworfen, zu welcher ich nichts hinzufüge als den Hinweis darauf, daß der vom Reichskanzler zur Leitung des Unterrichtsministeriums berufene geheime Justizrath Falk, welcher eigentlich wohl nur als Gesetzgeber, nicht als Verwalter, ernannt worden ist, nach dem von allen Zeitungen wiederholten Berichte der Nationalzeitung vom 29 Mai 1878 bei seinem Amtsantritte der Schule allerdings ferner gestanden zu haben selbst öffentlich bekannt hat — derselbe Euphemismus wäre wohl auf alle übrigen Provinzen seines Amtsgebietes anzuwenden —, und daß das Gesetz über das Culturexamen durchaus in den Anfang der Amtsthätigkeit dieses Ministers gehört, welcher es etwa ein Jahr nachdem er die Leitung der Kirche und Schule übernommen, dem Landtage vorlegte. Etwas Ungeeigneteres ist kaum jemals auf dem Gebiete der Gesetzgebung geleistet worden: es muß pure abgeschafft werden.

Unsre Geistlichen und Priester werden genau so viel wissenschaftliche Bildung erwerben, als sich mit ihrem Bekenntnisse und mit den Neigungen ihrer Pfarrkinder verträgt. Wenn man die Geistlichen und Priester höher heben will, hat man die Gemeindeglieder höher zu heben, was freilich durch gehobene Schulen und Berechtigungslazarete sich nicht bewerkstelligen läßt. Die Wirkung des Gesetzes vom 11 Mai 1873 ist, um dies beiläufig zu bemerken, für das von dem Minister Falk Erstrebte geradezu Null gewesen: denn daß die Unwahrhaftigkeit der protestantischen Geistlichen noch größer geworden ist, als sie schon war, das ist von dem Gesetzgeber selbstverständlich nicht beabsichtigt worden.

10

Wenn der Staat einem Club, einer gelehrten Gesellschaft, wenn

3

er seinen Offizieren nicht verbietet, unwürdig scheinende Mitglieder des Clubs, der Gesellschaft, des Offizierstandes nach eignem Ermessen auszuschließen, so darf er auch den Religionsgemeinschaften das gleiche Recht in keiner Weise verkümmern. Einen Offizier aus einem Regimente ausstoßen ist doch sicher nicht weniger eine öffentliche Beleidigung, als ihm das Abendmahl verweigern. So lange der Staat die christlichen Kirchen als halb und halb staatliche Anstalten ansieht, steht es mit ihren Excommunicationen ernster, aber immer noch nicht so, daß sie zu verbieten wären. Folgt man aber meinen Vorschlägen, welche übrigens durch ihre innere Wahrhaftigkeit die Zukunft ganz gewiß erobern werden, so wird ein Urtheil der zur Zeit bestehenden Religionsgesellschaften ganz anders gewerthet werden müssen als jetzt, wo man diese Religionsgesellschaften darum als im großen Ganzen objectiv werthvolle, von Gott gewollte Einrichtungen ansieht, und rechtlich ansehen muß, weil der Staat, der Träger alles Rechts, sie so ansieht: ein Richter, der mich beleidigt, beleidigt mich schwerer, als ein Nicht-Richter, weil der Richter als Vertreter des Rechts höher steht als ein Privatmann. Kein Erwachsener kümmert sich um das Urtheil eines Knaben, kein Gebildeter um das Urtheil eines Ungebildeten: niemand wird es übel nehmen, wenn man ihm sagt, daß er nach der Verfassung des Servius Tullius, nach den Anschauungen eines siamesischen Rechtslehrers Verbrecher von dem oder jenem Grade sei. So wie der Staat den bestehenden Religionsgemeinschaften erklärt hat, daß er, der Pfleger alles Besten, sie als sich gleichgültig, ja widerwärtig betrachtet, daß sie als Ganzes veraltet sind, mit ihren Anschauungen einer vergangenen Zeit angehören, daß nur Keime der Zukunft in ihnen liegen, nur Reste einer hohen Vergangenheit, daß sie nur durch jene und diese, nicht aber durch ihre Gegenwart nützen, daß sie erst werden müssen, um zu sein, so verliert ein Bannfluch dieser Gemeinschaften jede rechtlich verletzende Kraft. Da außerdem der Staat, wenn er meinen Vorschlägen folgt, diesen Gemeinschaften aus dem öffentlichen Säckel nicht einen Pfennig zahlt, darf er ihnen so wenig die Befugnis bestreiten, ihr Hausrecht zu brauchen, wie er diese Befugnis andern Privatpersonen und Privatgemeinschaften bestreitet. Ich empfange in meinem Hause wen ich darin empfangen mag, und setze an meinen Tisch wen ich an ihn setzen will, ohne daß irgend wer meine betreffenden Entscheidungen zu bemängeln, anzufechten, oder mich nach ihren Motiven auch nur zu fragen hat: der Protestantismus und Katholicismus stehn, nachdem ihre Stellung in der von mir vorgeschlagenen Weise geregelt ist, Privatpersonen völlig gleich. Religionsgemeinschaften dürfen niemanden öffentlich einen Dieb oder Mörder nennen, weil sie sich dadurch eines Uebergriffs in das den Staatsanwälten und Richtern überwiesene Gebiet des Staats schuldig machen würden, sie müssen aber die Erlaubnis besitzen, die Consequenzen ihres Dogmas und ihrer Moral auf jedes ihrer

Mitglieder anzuwenden. Hält der Staat ihr Dogma und ihre Moral
für unerlaubt, so muß er dieses Dogma und diese Moral aus der
Welt schaffen. Es ist nachdenkender Männer unwürdig, die Factoren zu gestatten, und die nach den Regeln der Arithmetik aus
den Factoren gezogene Summe zu verbieten.

11

Ist den bestehenden Religionsgemeinschaften — ich schlage,
wie schon bemerkt, vor, den Protestantismus in vier selbstständige
Gruppen zu zerlegen — ist ihnen jeder Vorwand genommen sich
als dem Ganzen amtlich für werthvoll geltende Kirchen anzusehen,
ist ihnen alle Macht gegeben, ihre Gedanken, Anschauungen, Ideale,
durch Aufsicht und Verbote unbehindert auszusprechen und durchzuführen, dann ist alles was sie leisten eine wirkliche Leistung,
welche ihnen von Jedermann anerkannt, von Niemandem ganz oder
theilweise auf den Staat abgeschoben werden, welche also ihnen Anhänger oder doch Freunde gewinnen wird, dann ist jeder an ihnen
hervortretende Schaden oder Mangel die Veranlassung für eine ernst-
hafte Anklage, welche sie nach und nach entweder zur Besserung
zwingen oder aus dem Bereiche des Existierenden vertreiben muß.

Die Nation kann aus dieser Sachlage nur Vortheil ziehen.
Nur freilich nicht in der Weise, daß alle einzelnen Glieder der
Nation ihn direkt an sich erführen. Die Einzelnen erführen ihn
nur indirekt, dadurch nämlich, daß eine mit der Wucht einer Natur-
gewalt wirkende öffentliche Meinung in Betreff der einzelnen Religionsgemeinschaften und der durch sie vertretenen Religionsform
erwüchse, mit welcher jeder einzelne Deutsche sich abzufinden hätte:
diese Religionsgesellschaften würden, falls sie taugten, gerade weil
sie nur auf den eignen Füßen stehend etwas leisteten, Gegenstand
der Ehrfurcht werden, ganz wie der Mann Gegenstand der Ehrfurcht
ist, welcher durch eigne Kraft sich emporgeschwungen hat. Und
Ehrfurcht ist es, was unser Volk bedarf. Es würden so viel neue
Stücke für das Vermögen des Volkes gewonnen werden, als es derartige Religionsgesellschaften gäbe, Stücke, von denen zehrte wer
es bedürfte.

Das ist das größeste Unglück der Kirchen in unserm Vaterlande, daß sie, wie jetzt die Verhältnisse liegen, sich durch Einzelne
an die Einzelnen wenden müssen, und dadurch sich zu den Einzelnen erniedrigen: niemals wirkt etwas Gutes oder Großes direkt, sondern stets indirekt. Sein Reflex auf die Nation ist es, bei dessen Lichte
die Individuen das Gute und Große sehen und verstehn. Wenn die
Religionsgemeinschaften als Ganze aufträten — das können sie
erst, nachdem meine Vorschläge durchgeführt worden sind —,
würden sie ein sehr anderes Gewicht haben als jetzt, wo sie durch
Individuen vertreten sind, welche, weil neben anders gesinnten andern Individuen stehend, auch das der Kirchenlehre Gemäße als
Ausdruck der eignen Subjectivität erscheinen lassen. Nur das Ganze
erzieht: der Einzelne erzieht nur, wenn er als Wortführer und

3 *

Beauftragter des Ganzen auftritt. Ein Diener einer Kirche, ein Offizier, der den Rock des Königs trägt, ein Lehrer von Gottes Gnaden nützt und leitet: der begeistertste Einzelne, der aus eigner Anschauung redet und handelt, ist immer nur eine Zahl neben einer ihr gleichgültigen andern Zahl, nicht die Zahl vor einer oder mehreren Nullen. Nur der kann erziehen, dem Ehrfurcht begegnet, das heißt, dem gegenüber der zu Erziehende sich als der Erziehung bedürftig, als Nichts, als noch werdend fühlt. Kirchen, welche jeder kritisiert und nach allen Richtungen hin zu kritisieren aufgefordert und veranlaßt wird, sind für die Nation werthlos, werthvoll nur für die, denen sie Gehalt zahlen.

Machen wir die Religionsgemeinschaften völlig frei, so können sie Kirchen werden, so können sie — was dasselbe ist — mit dem Bewußtsein auftreten, daß Sie Zahlen, und die, zu denen sie reden, Nullen sind, welche erst durch die kirchliche Erziehung zum Dasein gelangen. Eine Religionsgemeinschaft von Staates Gnaden und im Auftrage, unter der Leitung des Staates handelnd und lehrend, ist keine Sonne, sondern der Trabant eines Mondes. Aber nur Sonnenlicht und Sonnenwärme machen wachsen und gedeihen. Kirchen werden mit Decimalen multiplicieren, und die Nation dadurch um Zehner, Hunderter, Tausender bereichern.

Noch einmal zum Unterrichtsgesetze.

Ueber das Unterrichtswesen steht dem Staate in demselben Umfange die Aufsicht zu, in welchem sie ihm über alle in seinen Grenzen vorkommenden Angelegenheiten zusteht. Eine genauere Aufsicht über dasselbe hat er nicht zu führen, die Pflicht den Unterricht auf eigne Kosten und unter eigner Verantwortlichkeit zu betreiben liegt ihm nur so weit ob, wie seine Pflicht als Staat sie mit sich bringt.

Daß irgend eine höchste Behörde da sein muß, welche überallhin eine Oberaufsicht zu üben hat, bei welcher Beschwerden über Unrechtfertigkeiten und Unordnungen anzubringen sind, welche verpflichtet ist, begründete Klagen zu erhören, das ist so von selbst einleuchtend, daß es nur von Schwärmern geleugnet werden kann.

Diese Behörde hat aber nur da zu thun, wo entweder sofortige Abhülfe verlangt werden muß, oder die der Gesammtheit schuldige Rücksicht von irgend wem außer Augen gesetzt wird. Einen rasenden Stier, einen aus der Thierbude entsprungenen Löwen, einen tollen Hund heißt die Polizei töten, ohne auf das individuelle Interesse des Besitzers Rücksicht zu nehmen. Jauchengruben heißt sie, wo es Noth thut, ausräumen, Schornsteine reinigen, weil jene nicht bloß den nächst Anwohnenden, sondern durch Erzeugung von Miasmen allen Einwohnern der Gemeinde schädlich werden, diese eine der ganzen Ortschaft möglicherweise tötliche Feuersbrunst hervorrufen können.

In Betreff irgend welchen Unterrichts ist nicht zu besorgen, daß aus ihm jemals der Gesammtheit eine Gefahr drohe, vorausgesetzt, daß der Unterricht wirklich Unterricht ist. Wer zeichnen lernen will, wird schon selbst darauf halten, daß sein Lehrer vom Wege nicht abschweife: wann der Schüler es nicht thut, weil er ein Kind und unverständig ist, werden diejenigen es thun, welche den Unterricht bezahlen. Wer die Kenntnis der spanischen Sprache zu erwerben wünscht, wird ohne Aufsicht des Staates ermitteln, wo das möglich, und sein Geld auszugeben aufhören, sowie er sieht, daß er es wegwirft, oder aber, sowie er seinen Zweck erreicht hat.

Soll der Staat gar die Aufsicht darüber führen, daß die Unterrichtenden ihren Schülern nichts dem Vaterlande, den Sitten, der Religion Schädliches beibringen? Sowie derartiges vor, und der Behörde zu Ohren kommt, wird es durch den Staatsanwalt zur

Strafe gezogen. werden müssen, wenn es rechtlich strafbar ist:
über die moralische Strafbarkeit zu urtheilen ist der Staat nicht
befugt: über diese entscheidet die Gesellschaft.

Auf alle Fälle wird der Staat gut thun, keine Anordnungen zu
treffen, welche durchzuführen er nicht vermag, keinen Anspruch
auf Dinge zu erheben, welche er nicht in seiner Gewalt hat, keine
Gesetze zu erlassen, denen ein Schnippchen zu schlagen er nicht
hindern kann.

Als ich Lehrer am Werderschen Gymnasium war, hatte ich
zu Anfang jedes Semesters mit anzuhören, wie der Director in
Folge höheren Auftrags und eigner Neigung den Schülern den
Besuch der Kuchenbäckereien verbot. Ich habe ihm vorgestellt,
daß er gar keine Macht besitze, in' einer so unübersichtlich großen
Stadt wie Berlin auch schon 1858 war, die Beachtung seines Ver-
bots zu erzwingen, daß die Sache überdies gleichgültig sei, da den
Schülern so gut wie stets die Mittel fehlten, die verpönte That in
irgend schädlichem Umfange zu begehn. So unterblieb in späteren
Semestern jene Verwarnung, ohne daß dadurch Unheil entstanden wäre.

Zudem, was ist dem Vaterlande, den Sitten, der Religion schädlich? Der preußische Staat selbst wird es uns nicht sagen können, da er seine Ansichten erheblich oft, und in den weitesten und
wildesten Sprüngen geändert hat.

Und meint man, Schweigen rede minder deutlich als Sprechen?
Könnte und wollte man Reden zu Gunsten einer Aenderung der
preußischen Grenzen, Worte zu Ungunsten eines gefeierten Mannes
den Unterrichtenden selbst für die Zeit verbieten, in welcher sie aus
freier Neigung mit ihren Jungen etwa in der Jungfernheide oder
dem Grunewald spielen, man kann ihnen nicht untersagen über
gewisse Dinge und Menschen stumm zu sein wie ein Eisblock.
Kennt man die Jugend so wenig, zu meinen, daß dieses stumme
Vorbeigehn an den Helden des Tages nicht viel lauter und ver-
ständlicher spricht, als irgend ein ausdrückliches Wort es vermag?

Man hat doch den Satz im Munde Wer nicht mit mir ist, der
ist wider mich: man dürfte wissen, daß ein junger Gelehrter schon
dadurch sich schadet, daß er den Condottieri nichts Angenehmes
sagt: daß ein Beamter sich schon verdächtig macht, wenn er seinen Vorgesetzten nicht ausdrücklich bewundert. Ueber die Bered-
samkeit des Schweigens könnte man also unterrichtet sein: sie
anzuwenden wird niemand jemals gehindert werden können. Was
soll also das Verbieten von Worten?

Hat man nie Rogeards propos de Lahiènus gelesen? hat Ro-
geard in ihnen ein einziges Wort über Napoleon III gesagt? und
war nicht trotzdem sein Heft von der ersten bis zur letzten Zeile
eine von Wahrheit strotzende Satyre gegen Napoleon III?

Endlich angenommen, der Staat besitze das Recht, in der oben
angedeuteten Weise zu überwachen, durch wen soll er dies Recht
ausüben als durch die Schüler? In Gegenwart der Directoren

und Ordinarien wird ja ein Lehrer so leicht nicht sündigen. Pfui dem Staate, der unanständig genug wäre, seine Jugend zum Denunciieren ihrer Lehrer anzuhalten. Das fehlte uns noch zu unserm Glücke, daß Religion, Sitte, Vaterland auf die Petzereien von Schulknaben gegründet würden, wie Hengstenberg die Kirche durch Hävernicks und Gerlachs Stänkereien zu stützen versucht hat.

Ich habe einmal politische, das heißt, nach dem Accente betonte, griechische Verse gemacht — sie schilderten die charakteristischsten Knaben meiner Klasse —, um meinen Tertianern die Regeln der Enclise leichter beizubringen. Ich wurde beim Schulcollegium dahin denunciiert, daß ich politische Gedichte lernen lasse. Die Vorlegung des corpus delicti erledigte, da mein Director ein verständiger Mann war, der mich genau kannte, die Denunciation in Einer Minute. Oft jedoch ist derartiges nicht so drastisch zu widerlegen, wie es in diesem Falle möglich war. Das Vertrauen zwischen Lehrer und Schüler wird aber durch jede Denunciation gestört: dies Vertrauen zu erhalten ist viel wichtiger, als daß in zehntausend Jahren Einmal ein Lehrer auf einer unpassenden oder straffälligen Aeußerung vom Generalprofoss Staat ertappt werde.

Also mit der speciellen Aufsicht des Staates über den gesammten, innerhalb seiner Grenzen ertheilten Unterricht ist es nichts.

2

Welche Unterrichtsanstalten hat nun der Staat aus seinen Mitteln zu erhalten?

Der Staat, das heißt, die Gesammtheit aller dem Landesherrn unterthanen Menschen, hat ein Interesse daran, dem Nachwuchse die Orientierung im bürgerlichen Leben zu ermöglichen, da das Leben eben heut zu Tage für jeden Lebenden ein bürgerliches Leben ist: er hat zweitens ein Interesse daran, über Männer zu verfügen, welche im weitesten Sinne des Wortes regieren können.

Für das bürgerliche Leben ist der Mensch in den Stand gesetzt, wenn er sehen, hören, gehorchen, sprechen, lesen, schreiben, rechnen kann, und das besitzt, was man mit einem sehr glücklichen, von mir nur anders gewendeten Ausdrucke Heimathskunde genannt hat: alles was der sogenannte gemeine Mann über die Geschichte und Natur zu wissen braucht, ist Heimathskunde, Mittel, sich in seiner ethischen und physischen Umgebung zurechtzufinden.

Mehr als das eben aufgezählte hat der Staat in den Volksschulen nicht lehren zu lassen: den Unterricht in der Religion besorgen je für ihre Angehörigen die fünf (oder sechs) anerkannten Religionsgesellschaften auf eigne Faust und auf eigne Kosten, wann und wie und durch wen sie wollen.

Regiert wird nicht allein von Regierungsräthen und Ministern, sondern auch von Offizieren, Aerzten, Priestern, Predigern, Professoren, Kaufleuten, Fabrikanten, Gutsbesitzern. Ich nenne dabei Heilgehülfen nicht Aerzte, Krämer nicht Kaufleute, Bauern welche ihr Land zum Rübenbau verpachtet haben, nicht Gutsbesitzer, den

Inhaber einer Anstalt zur Erzeugung von Stiefeln oder Stiefelwichse nicht Fabrikanten. Regiert wird nicht von den oft sehr braven Unteroffizieren und Feldwebeln, welche der Staat in seiner hohen Weisheit statt Schreiber und Registratoren Kanzleiräthe, statt Zahlmeister Rechnungsräthe nennt, damit ihnen nur ja der Kamm tüchtig schwelle, und die Einsicht in die Staatsverfassung dem Volke möglichst abhanden komme. Rechnen wir in Preußen alles ein, was nördlich vom Erzgebirge und dem Maine liegt, so hat es rund 25 Millionen Einwohner. Unter diesen werden 50000 sein, welche ich Regierende nenne: meines Erachtens wenigstens wird genug regiert, wenn auf 500 Regierte ein in meinem Sinne Regierender kommt. Die Staatsschulen höheren Ranges — der Name thut nichts zur Sache — werden mithin von 50000 Schülern besucht werden. Angenommen daß jede Anstalt rund 500 Knaben beherbergen würde, hat der Staat rund 100 höhere Schulen nöthig. Ich widerrathe die Schulen zu klein zu machen — nur die Klassen müssen möglichst klein sein —, weil in kleineren Lehrercollegien wie überhaupt in kleineren Gemeinschaften ein esprit de corps nicht entstehn kann, und wir den esprit de corps dringend bedürfen: weil in wenig besuchten Schulen zu wenig äußeres Erlebnis vorfällt, um die Phantasie der Schüler zu beschäftigen: weil die Kosten Einer großen Schule geringer sind als die zweier kleinen.

3

Für nachdenkende Leser ist bereits deutlich, doch soll es für schwerere Köpfe noch ausdrücklich ausgesprochen werden, daß die sämmtlichen Volksschulen, und daß alle Anstalten, auf denen der Staat die zum Regieren bestimmte Jugend unterrichtet, als in dem Interesse des Staats, das heißt, der Gesammtheit aller Unterthanen des Landesherrn gegründet, aus den Mitteln aller, das heißt, aus den Staatseinnahmen, zu erhalten sind.

Ebenso deutlich ist, daß der Staat seine Volksschulen zwar in die Gemeinden, die höheren Schulen aber dahin zu legen hat, wohin sie zu legen er für zweckmäßig hält. Keine Gemeinde hat das allermindeste Recht, eine solche in ihrer Mitte zu haben.

Es wird aus vier Gründen nöthig sein, diese höheren Schulen niemals in einer Stadt, sondern stets auf einem möglichst abgeschlossenen, das heißt, möglichst klösterlich eingerichteten Landgute zu halten.

Einmal muß auch äußerlich gezeigt werden, daß diese Schulen Staatsschulen sind, und mit den Gemeinden schlechterdings gar keinen Zusammenhang haben. Hospitanten, namentlich der Berechtigungspöbel, müssen unbedingt und ohne jede Ausnahme von diesen Anstalten ferne gehalten werden. Ebenso darf kein Lehrer dieser Anstalten Kostgänger füttern: alles muß unmittelbar unter der Staatsbehörde stehn, ganz abgesehen davon, daß es sich für einen Diener des Geistes nicht ziemt, um des Geldes willen den Speisewirth und Schuhputzer zu machen.

Sodann soll ausdrücklich verhindert werden, daß die diese Schulen besuchenden Knaben in ihren Familien bleiben. Diese Knaben sollen erzogen, und zwar zu einem bestimmten Berufe erzogen werden. Dies geht in Familien nicht zu bewerkstelligen, am allerwenigsten in den Familien, deren Häupter nach 1848 groß geworden sind. Recht viele Söhne der Beamten unsrer Epoche sind Taugenichtse, oder sie sind nichts werth, das heißt, das ihnen in ihren Familien zu Theil gewordene Surrogat von Erziehung hat nichts gefruchtet. Das ist Thatsache: wer zweifelt, · beantworte sich die Frage, wie viel Söhne der 1860 in einem Collegium vereinigten Beamten 1880 überhaupt noch öffentlich genannt werden können. Alle Beamten der neueren Zeit sind entweder liberal oder reactionär: in keinem der beiden Fälle verstehn sie die menschliche Natur und die deutsche Geschichte. Sie sind überbürdet, können sich also um die Ihrigen nicht kümmern. Sie leben in fortwährendem Scheinen, und sterben in Schulden, oder hinterlassen doch Frau und Kinder in bitterer Hülflosigkeit: darum werden ihre Söhne blasiert und im höheren Verstande des Wortes unwahrhaftig. Das sind die Erklärungen jener Thatsache. Auch in den NichtBeamten-Familien ist kein Zug und Ernst, und soferne sie wohlhabend sind, werden Dinge in ihnen für nothwendig angesehen, auf welche ein Diener des Staats, und vollends ein Diener des preußischen Staats, von vorne herein, und noch dazu ohne Klage, ein für alle mal verzichten muß. Das Material, welches der Staat für seinen Dienst braucht, wird er sich mehr und mehr selbst zu erziehen haben. Dies kann er nur in eignen Anstalten thun, deren Zöglinge dem Einflusse ihrer Familien, soweit es irgend thunlich ist, entrückt sind. Sie ihnen zu entrücken ist nur in der Einsamkeit des Landlebens möglich.

Drittens ist es nothwendig, auch die Lehrer den Felsenkellern und Casinos, den Lesemuseen und Bildungsvereinen zu entziehen. Lehrer sollen weiter arbeiten, und in der Natur und in ihrer Familie leben, um frisch zu bleiben, nicht aber mit dem Jan Hagel einer politischen Partei in Kneipen umherliegen. Niemand, der andere unterweisen soll, kann anders leben als in der Einsamkeit. Er muß schon so viel sprechen und sein Wesen preisgeben, daß er völlig verlumpt, wenn er außerhalb der Schule etwas anderes thut als arbeiten und schweigen. Darum wird jeder wirkliche Lehrer die Städte fliehen, und den Frieden des Dorfes oder Waldes suchen. Ein Lehrer, dem dieser Frieden nicht paßt, mag nur so schnell wie möglich Gerichtsvogt oder Bierwirth werden.

Viertens ist die Rücksicht auf die leibliche Gesundheit der Zöglinge maßgebend, für welche in Städten nie so gesorgt werden kann wie auf dem Lande. Es ist maßgebend, daß kein Mensch auch geistig anders gesund bleiben kann als im steten Zusammenleben mit der Natur. Ueberdies liegt es im Interesse Aller, fortwährend daran erinnert zu sehen, daß Städte, namentlich große Städte nichts sind, als Folgen der menschlichen Thorheit.

Ein fünfter Grund — die Rücksicht auf das kirchliche Bekenntnis der Schüler und Lehrer — wird unten zur Sprache kommen.

Keiner Bemerkung bedarf es, daß es so wenig wie in Cadettenhäusern (welche ich übrigens zu den hier in Rede stehenden Anstalten zähle) ebensowenig in den für die nicht dem Soldatenstande angehörigen Regierenden bestimmten Anstalten erlaubt sein kann, irgend wen in sie aufzunehmen, der sie nicht bis zum obersten Ende durchzumachen beabsichtigt. Schulen haben, die nach einer Idee, für einen bestimmten Zweck, eingerichtet sind und dennoch nach dem Besuche bestimmter Klassen einem Theile ihrer Angehörigen auszutreten erlauben, diese Erfindung der geheimden Räthe Schulze und Wiese muß mit Besen ausgekehrt werden, und alle sie vertheidigenden und beschönigenden müssen mit ihr fort.

Ebensowenig braucht es einer Bemerkung, daß, wie es Cadettenhäuser neben den für NichtSoldaten bestimmten Schulen gibt, es auch unter den für NichtSoldaten eingerichteten Anstalten Verschiedenheiten geben darf und wird, welche näher anzugeben ich mich in diesem Zusammenhange überhoben erachte.

Drittens ist selbstverständlich, daß der Staat auch die Anstalten zu gründen und zu erhalten hat, auf welchen die für jene Schulen nöthigen Lehrer gebildet, erzogen, geprüft und geübt werden. Als solche Anstalten haben die Universitäten zu gelten, von denen nachher die Rede sein soll: hier bespreche ich die Prüfungsbehörden und die Seminarien.

Die Prüfung der Candidaten des höheren Schulamts liegt zur Zeit thatsächlich in den Händen der allerdings vom Staate beauftragten Universitäten. Das muß vollständig und auf Nimmerwiederkehren ein Ende finden. Vorerst darum, damit jeder im Lande merke, daß die Prüfung eine Staatsprüfung ist. Zweitens aus den früher von mir dargelegten Gründen: ein Ocean von Gemeinheit ist durch die jetzige Gepflogenheit in das Land gefluthet. Ich theile einen Anschlag mit, welcher Monate lang am schwarzen Brette einer preußischen Universität gehaftet hat: der ihn angeheftet, wollte nicht lesen, darum that er kund wie folgt:

.... den Anfang der Vorlesung werde ich, sobald' die dazu erforderliche Zahl von Anmeldungen erfolgt ist, anzeigen. Ich ersuche deshalb die Herren Commilitonen, welche das Kolleg hören wollen, mir davon bald Mittheilung zu machen, wobei ich gleich noch hinzufügen zu sollen glaube, daß ich zwar wie bisher in dieser Vorlesung ganz besonders solche Zuhörer im Auge behalten werde, welche sich dem höheren Schulamt widmen wollen, daß ich selbst aber schon vor zwei Jahren aus der hiesigen königlichen wissenschaftlichen Prüfungscommission auszutreten veranlaßt worden bin, und seitdem die Prüfungen der Kandidaten in . . . . . hier wieder dem Mitgliede der Commission für . . . . . übertragen sind,

Zwei Collegien, in Frankfurt an der Oder für die Landschaften rechts der Elbe und Saale, in Cassel für die Landschaften links dieser Flüsse, stark besetzt, da ihrer Arbeit viel sein wird, und sie Muße haben müssen, sich in ihrer Wissenschaft auf dem Laufenden zu erhalten, werden die Geschäfte der jetzt bei den Universitäten seßhaften, aus den Mitgliedern der Universitäten erwählten Prüfungs-Commissionen zu übernehmen haben. Kein Professor hat in ihnen Raum. Ihre Mitglieder heißen Regierungsräthe, um jedem zu weisen, daß sie Staatsbeamte sind: geheimes haben sie nie zu rathen, folglich hat es beim Titel Regierungsrath ohne Vornamen sein Bewenden, auch wenn die Träger des Titels alt geworden sein werden.

Seminarien besitzt der Staat wie er jetzt ist, für die Volksschullehrer. Ich darf über sie mich nicht äußern, da ich die Verhältnisse derselben nicht kenne. Daß aller Unterricht in der Religion aus ihnen zu entfernen ist, versteht sich ebenso von selbst wie daß Niemand, der nicht fromm ist und über die Religion nach Maßgabe seines Herzens- und Verstandesvermögens Bescheid weiß, Lehrer des Volks sein darf.

Seminarien besitzt der Staat nicht für die Lehrer der sogenannten höheren Schulen, wenigstens ist das dem Anscheine nach Vorhandene so werthlos, daß man es als nicht existierend anzusehen befugt ist.

Keine Fertigkeit gibt es, die nicht erworben werden müßte. Wenn wir sitzen, gehn, stehn, schwimmen, reiten, fechten, Latein verstehn wollen, müssen wir es mit Mühe lernen, und werden gut thun, uns zum Lernen der Lehrer zu bedienen. Lehren kann nach der amtlichen Mythe das Geschöpf, welches amtlich Candidat des höheren Schulamts heißt, sofort, nachdem es den von ihm gehörten, ihn nach viel zu kurzem Studium examinierenden Professoren nachgewiesen, daß es einen Theil der Dictate auswendig gelernt und inwendig nicht verstanden hat. Die Scherze kennt man ja, welche auf den Universitäten paedagogische Seminare genannt werden. Kein Director, dem ein Candidat zur Beschäftigung zugesandt wird, weist den Jüngling an: kein Klassen-Ordinarius hat das Recht seinem Unterrichte beizuwohnen. Der Schulamtscandidat ist ein Autodidact, welchem die Patrone der von ihm unsicher gemachten Anstalt möglichst viel Unterricht übertragen, um durch seine reale und dem Gesetze nach nichts kostende Gegenwart den Mangel einer angestellten Lehrkraft zu verdecken, ein Autodidact, bei welchem die Schüler Semester hindurch nichts lernen, welcher, wenn dies nichts Lernen in das dritte Jahr seiner Thätigkeit hineinreicht, gerne Paedagoge von Fach wird, denn Paedagogen von Fach sind nach meiner Erfahrung alle mal diejenigen Wesen, die niemandem etwas beizubringen und keine Zucht zu halten verstehn. Jetzt können sie Inspectoren werden, und sind, obwohl recht untauglich, noch nicht die untauglichsten Inspectoren.

Da wir einen Platzregen von Schulen über unser unglückliches

Land haben niedergehn sehen — es träufelt noch immer —, ist es freilich nöthig geworden, die allerärgsten Unzulänglichkeiten zum Lehramte heranzuziehen. Ich habe, als ich 1863 von einigen Unabhängigen für den Posten eines Stadtschulraths von Berlin in Aussicht genommen war, dem Oberbürgermeister Seidel gesagt, daß ich mit dem vorhandenen und mir genau bekannten, der Zahl nach für 10 Anstalten ausreichenden, Personale höchstens zwei Gymnasien normal zu besetzen wagen werde: nach dem, was ich seitdem gehört und gesehen, ist es ganz erheblich schlimmer geworden. Würden die Examinatoren, die Schulräthe und Minister den Privat-Unterricht ihrer Kinder auf einem Gute den Herren anvertrauen, welche sie an Staats- und Gemeindeschulen anstellen? Würden sie das aber bei neunen von zehnen sicher nicht thun, was beweist da das Examen, das paedagogische Seminar, das Anstellungsdecret, das Aufrücken der neune? Auf meine Fragen erwarte ich als Antwort keine sittliche Entrüstung und keine Declamation, sondern ein Ja oder Nein auf die erstere, ein Nichts oder sonst etwas ganz Bestimmtes auf die andere.

Die Pflicht der Seminardirectoren wird sein, die zum Lehren sich als untauglich erweisenden Candidaten auch trotz ihres vielleicht guten Examens abzuweisen. Der Staat braucht Lehrer, und ist gegen Männer, welche nicht zu lehren verstehn, zu keinerlei Humanität verpflichtet, und zu ihr nicht einmal berechtigt, weil er mit fremdem Gelde zahlt. Wer das Lehren nicht lernen kann, gehe seiner Wege, und werde was er werden mag. Humanität gegen unfähige Candidaten ist Diebstahl an den Steuerzahlern und Inhumanität gegen die jenen Candidaten vorgeworfenen Kinder.

Nachdem die Prüflinge die Seminare durchgemacht und von deren Directoren das Zeugnis empfangen, daß sie als Lehrer brauchbar zu werden versprechen, haben sie Aussichten, aber kein Recht. Wohl aber hat der Staat das Recht, sie dahin zu senden wo er sie braucht, mit freier Wohnung, freier Verpflegung und so viel Gehalt wie zur Beschaffung einiger Bücher und der Kleidung und zu einem Taschengelde ausreicht. Soldaten der Wissenschaft sind sie, unter Aufsicht und Anweisung unterrichtend, gehend wann sie gehn, kommend wann sie kommen sollen, entlassen wann sich herausgestellt hat, daß sie nicht lehren können.

Wer sogenannte gute Stellen sucht wenn er Lehrer wird, den soll man auf alle Weise los zu werden streben. Die Lehrer der Staatsanstalten haben nach dem mitgetheilten Plane natürlich freies Quartier, die Aussicht, ihre Kinder so billig oder umsonst erzogen zu sehen, wie jetzt die Söhne der Offiziere in den zur Zeit einzigen meinem Sinne wenigstens einigermaßen entsprechenden Lehranstalten, den Cadettenhäusern, erzogen werden: sie treten mit dem sechzigsten Jahre, unter Belassung ihrer Bezüge und Gewährung einer freien Wohnung in den Ruhestand, da sie bis dahin reichlich das Ihre gethan haben, und auch nichts mehr leisten können.

Ihren eigentlichen Lohn müssen sie darin finden, daß sie, vor allen andern Staatsdienern bevorzugt, im Staate Gott dienen, die Zukunft mit der Vergangenheit in lebendige Wechselwirkung bringen, der Nation ihre Leiter geben.

Dies bringt mich auf den Punkt, den zu berühren ich vorher versprochen habe.

Keine Reorganisation der Staatsschulen — man behalte im Sinne, daß ich deren nur die zwei angegebenen Arten kenne — keine Reorganisation der Staatsschulen ist vor der Neuordnung der kirchlichen Verhältnisse möglich. Ohne Gott keine Erziehung, weil ohne Ideal, ohne ewiges Leben, ohne Verantwortung vor dem letzten Richter keine Erziehung. Liegt es aber im Wesen des modernen Staates, die Religion, welche sich in viele Bekenntnisse gespalten hat, nicht in den Bereich seiner Thätigkeit ziehen zu können, da er eben nur das Allen Gemeinsame zu behandeln hat, so sind die Schulen des Staates nach den Bekenntnissen zu ordnen, wenn durch die Priester und Prediger ein wirklicher Einfluss auf die Jugend soll geübt werden. Die Bekenntniskirchen müssen mithin in völlig concreter Gestalt vorhanden sein, ehe der Staat seine Schüler in Schulen einweisen kann, welche, an sich ohne Religion, die Schüler nach dem Bekenntnisse zusammengeordnet, nur von Lehrern ihres Bekenntnisses unterrichtet, und darum leicht den Dienern und Lehrern ihrer Religion zugänglich enthalten.

Da haben wir einen neuen Grund, weshalb die Staatsanstalten höherer Ordnung nur in ländlicher Abgeschiedenheit liegen dürfen. Wir müssen die Möglichkeit erwerben, die Schulen mit Schülern nur Eines Bekenntnisses zu bevölkern, weil nur in homogenen Schulen der Staat äußerlich und innerlich in der Lage ist den Kirchen eine erziehende Wirksamkeit bei seinen Schülern zu verstatten, weil er nur so den jungen Seelen die Ruhe zu schaffen vermag, in welcher sie sich den Eindrücken auch ihrer Religion hingeben können. Ihnen soll nichts dareinreden, nicht einmal der Gedanke, daß irgend ein Altersgenosse anders betet als sie: die Religion soll ihnen eine undiscutable Macht sein, denn nur wenn sie als solche erscheint, erzieht sie. Alles zerfällt und zerfährt vor und in dem Dampfe und der Electricität: wir müssen so viel wie möglich Geschlossenheiten hervorrufen, Heimathen, die man nicht vergißt. Zwischen verschiedenen Bekenntnissen zu wählen ist die Jugend doch zu jung: geben wir ihr katholische, lutherische, reformierte, evangelische, protestantische Schulen in der von mir gezeichneten Gestalt. Der Staat lehrt und befördert die confessionelle Religion nicht: da er aber einsieht, daß Religion zur Zeit nur in der Form des Bekenntnisses vorhanden ist, und er der Religion nicht entrathen kann, thut er Alles, um die Einwirkung der confessionellen Religion auf die zwei wichtigsten Menschenklassen in thunlichst reiner Gestalt zu ermöglichen, behält er sich vor, Auswüchse ihrer

Aeußerungen zu hindern, und ist zu der Hoffnung berechtigt, daß
in dem Maße, in welchem die Confessionen es mit dem Wesentlichen ihrer Existenz ernst nehmen, sie nicht ,sowohl sich einander
nähern, als in ihren Angehörigen sich selbst aufheben, in ihren
Angehörigen der Einigung aller Deutschen in die deutsche Frömmigkeit zueilen werden.

Es wird also unter den etwa hundert höheren Schulen des
Staats je nach der Zahl der zu erwartenden Schüler so und so viel
der katholischen und so und so viel den verschiedenen Formen
der nichtkatholischen Religion gewidmete geben. Eine jüdische
Staats-Schule ist von vorne herein unmöglich, da wer Beschneidung,
Speisegesetze, jüdischen Monotheismus und Aehnliches als eine Forderung der Religion ansieht, nach Palaestina, aber nicht in den
deutschen Staat gehört, mithin für ihn nicht zu sorgen ist. Das
schlechthin Reactionäre, das zum Theile his in die Tage der Hycsos
zurückgreift, können wir in Deutschland nicht brauchen und nicht
dulden, höchstens ignorieren.

Hat nach dem Auseinandergesetzten der Staat die Pflicht, aus
seinen Mitteln alles Volk in den Grundelementen des Wissens und
Könnens unterrichten, die zum Regieren Bestimmten in verschiedener
Art darauf zuhereiten zu lassen, daß sie regieren können — keine
Gemeinde oder Provinz bezahlt eine Volksschule, keine Gemeinde oder
Provinz ein Gymnasium oder Cadettenhaus —, so hat hingegen weder
er noch eine Gemeinde noch eine Provinz die Pflicht, eine Anstalt zu
gründen und zu erhalten, auf welcher Kinder für irgend einen Zweig
des erwerbenden Lebens zugestutzt werden. Was gebraucht wird
um Geld zu verdienen, wird vom Ertrage des Verdienstes bezahlt.
Kauft jemand Grund und Boden, um mit ihm zu speculieren, so
hat er die Kosten für die zugezogenen Sachverständigen, die Feld-
messer, den Notar, den Stempel in die Kosten des Geschäfts einzu-
rechnen. Will jemand Maurermeister werden, um als Maurermeister
seinen Unterhalt zu gewinnen und Vermögen zu schaffen, so hat er
allein die Existenzmittel für die Zeit zu hesorgen, in welcher er
lernt, und hat auch die Lehrmittel zu beschaffen, an denen, die
Lehrer, von denen er lernt. Nur Almosen darf er als Hülfe für
sich erhitten, mit nichten die Steuern seiner Mithürger beanspruchen. Das ist so einfach, daß es ein Kind begreift. Gemeinden
und Provinzen haben gar nicht das Recht, aus ihren Einkünften Anstalten zu gründen und zu erhalten, auf welchen Kinder für irgend
einen Zweig des erwerbenden Lebens zugestutzt werden, denn die
Mittel der Gemeinden und Provinzen dienen für das allen ihren
Angehörigen gleichmäßig am Herzen liegende. An einer Baugewerk-
schule haben aber nur ganz Einzelne ein Interesse, ebenso an einer
Handelsschule und so fort. Mag die Provinz im Auftrage der Interes-
sierten derartiges einrichten, weil solche Einrichtungen besser von
einer größeren Körperschaft getroffen werden als von Einzelnen: Kosten dürfen durch die Einrichtung und Erhaltung von Gewerbeschulen

nur den sie Besuchenden erwachsen. Ein Beispiel wird das klarer machen. Die Gastwirthe eines Orts beschließen eine Gewerbeausstellung in ihm in Scene zu setzen, weil sie durch dieselbe verdienen: sie finden ja leicht die Paar Hände Phrasen, welche nöthig sind ihren Plan zu verdecken. Niemand als sie und ihres Gleichen gewinnt, die ordentlichen Bürger werden belästigt, für die vielen nicht-ordentlichen wird Gelegenheit zum Geldvergeuden geschaffen: wenn die Väter der Stadt für den Plan Geld bewilligen, misbrauchen sie ihre Macht, denn sie verwenden das Geld Aller für Einzelne. Ist es mit der Gründung von Gewerbeschulen wesentlich anders als mit Ausstellungen? wer hat von ihnen den Nutzen? Alle? haben aber anerkanntermaßen nicht alle Steuerzahler, sondern nur einzelne den Nutzen, wie unterstehn sich jene von einem Schreier gemisbrauchten Väter der Stadt das Geld Aller, das sie für Alle verwenden sollen, zum Besten Einzelner auszugeben? Aus keinem andern Grunde schwellen die Ausgaben der Gemeinden so hoch an, als weil die Gemeinden durch die Narren und Egoisten gezwungen werden, ihr gutes Geld für Dinge zu verschleudern, welche die Gemeinden gar nichts angehn, und zu diesen Dingen gehören die Erwerbschulen aller Art an erster Stelle. Derartige Schulen sind von reichen Leuten zu gründen und zu erhalten, oder von denen, welche sie benutzen, niemals von Körperschaften. Es ist ein Nationallaster der heute lebenden Deutschen, alles was sie können auf öffentliche Kassen abzuwälzen, mögen diese dem Staate, der Provinz oder der Gemeinde gehören: dies Laster muß bei jeder Gelegenheit und mit aller Energie bekämpft werden. Selbst ist der Mann.

Die Baulichkeiten der eingehenden Gymnasien und Realschulen werden zum Besten der Kasse desjenigen zu verkaufen sein, welcher sie zur Zeit besitzt, beziehungsweise wird man sie für den Elementarunterricht benutzen. Nichts steht im Wege, die Baulichkeiten an Privatpersonen zu veräußern, welche in ihnen Privatschulen auf eigne Kosten abhalten zu lassen beabsichtigen: der Unfug muß ja auf alle Fälle ausgerottet werden, aus dem Geldbeutel Aller etwas zu bezahlen, was nur Einzelnen oder einer Gruppe Einzelner zu Gute kommt, darum ist es klug dem geschlagenen und fliehenden Feinde goldene Brücken zu bauen. Selbstverständlich ist dabei, daß Berechtigungen den Privatschulen unter keinen Umständen zugebilligt werden dürfen: würden sie es, so würden jene alsbald nichts weiter als verkappte Staatsschulen sein. Wer auf Privatschulen geht, hat seine Berechtigung einer von den Schulen ganz losgelösten Staatsbehörde — am besten nach dem so gut wie nie benutzten § 98 der Ersatzordnung durch ein Meisterstück als Handwerker — darzuthun, damit der Unterschied zwischen Staatsanstalten und Privatabrichtungen auch dadurch dem Volke im Bewußtsein erhalten werde. Um dies beiläufig zu bemerken, hat der Staat das dringendste Interesse, das Institut der einjährigen Freiwilligen zu beschränken, da die einjährigen Freiwilligen, wo sie in

einiger Massenhaftigkeit auftreten, in der aller Welt und wohl auch
den Vorgesetzten bekannten Weise den Unteroffizierstand, soweit
an ihnen liegt, in seinem ethischen Werthe schädigen. Die Berechtigungen müssen, man mag sie ansehen, von welcher Seite man wolle,
ausgerottet werden: das Rad von unten auf für den, der in den ersten zwanzig Jahren nach ihrer Abschaffung auch nur versucht, sie
wieder herzustellen: später wird das Volk auch ohne Strafbestim-
mung sie sich vom Halse halten, denn schließlich paßt dem Menschen nur die Gesundheit.

4

Man hat den Vorschlag gemacht, aus Privatmitteln Erziehungs-
anstalten der Art einzurichten, wie man sie zur Bildung der Gentlemen — leider gibt es kein deutsches Wort für diesen Begriff —
für geeignet erachtet. Ich kann dem nicht beipflichten, wenn nicht
— ich komme nachher noch einmal auf diesen Punkt zu sprechen
— eine Kirche solche Privatanstalten leitet und beseelt.

Wir erziehen nie als Personen — nur geniale Männer thun
das, und auch sie nur bis zu einem gewissen Grade, und nicht
überall —: wir erziehen, wenn wir eine keinen Einspruch duldende
Macht hinter uns haben, welche unsern Worten und Maßregeln
wie Inhalt, Form und Maß, so auch Nachdruck verleiht. Eine
solche Macht würde hinter den Lehrern der geplanten Privatschulen nicht stehn, denn die für diese Schulen beitragenden würden
nur durch ein mühsam zu erhaltendes Compromiss zur Gründung
der Schulen einig geworden sein. Hinter der Kirche treten die Individuen zurück, auch hinter dem Staate thun sie das: eine freie
Vereinigung rinnt auseinander, sobald sie nicht mehr durch den ihren
Mitgliedern gewährten Nutzen zusammengehalten wird.

Ich glaube nicht daran, daß der unleughare Vortheil, theure
Kinder nicht auf die preußischen Schulen schicken zu müssen,
schwer genug wiegen werde, um gegen andre, freilich auf welt-
lichem Gebiete liegende Vortheile die Schale zu senken. Gäbe es
keine Berechtigungen — diese Pest der öffentlichen Erziehung, deren
Erfinder mit Iudas und Brutus verdammt seien —, gäbe es keine
Mütter, welche unter allen Umständen die Partei ihrer Lieblinge
nehmen, wären die Väter so stark, die Principien auch da anzuerkennen, wo sie sich gegen ihre Söhne wenden, so ließe sich von
Privatanstalten allenfalls reden. Aber es gibt die Berechtigungen,
und es gibt mehr schwache Eltern als kräftige, und darum knicken
die bestgemeinten Privatanstalten, falls sie nicht einen Rückhalt an
einem Bekenntnisse haben, bald an der Gemeinheit zusammen.

Auch soll man die finanzielle Seite der Sache ja nicht unter-
schätzen. Ein Gymnasium erfordert Grund und Boden, ein Gebäude,
Turnplatz, Schwimmschule, etwa achtzehn fest angestellte Lehrer,
welche Gehalt, und zwar so viel Gehalt beanspruchen, wie der Staat
ihres Gleichen gewährt, welche für ihr leistungsunfähiges Alter gesorgt
wissen wollen. Mit Franciscanern, Benedictinern, Iesuiten kann

man billig wirthschaften, mit den weltlichen Philologen, Historikern, Mathematikern des deutschen Reiches kann man nur theuer leben. Wie viel soll die einzelne Familie zahlen, welche ihre Söhne auf eine Privatanstalt sendet? wird jemals die Menge der Schüler da sein, welche das Schulgeld niedrig anzusetzen erlauben würde?

. Auch noch über einen andern Punkt gebe man sich keinen Täuschungen hin: selbst wenn das nöthige Geld zur Verfügung stände, würde die Sache sich nicht einrichten lassen, weil zwar nicht Lehrer, aber brauchbare Lehrer, und weil brauchbare Directoren fehlen würden. Unsere Universitäten bilden ein höhere Anforderungen befriedigendes Material in genügendem Umfange nicht mehr aus. Werden wir ja doch, um von dem jetzt lebenden Personale abzusehen, für die Professuren der Geschichte, der Philologie in allen ihren Zweigen, der Philosophie demnächst schon tief genug greifen müssen: — besetze man einmal in Gedanken die den genannten Wissenschaften gewidmeten Stellen an einer Universität, und frage sich, was zu erreichen möglich sein wird —: da sollten die aus den ungünstigsten Verhältnissen hervorgegangenen, in den kläglichsten Umgebungen studierenden Jünglinge, welche von Lehrern einseitigster Ausbildung — Virtuosen auf Rhianus oder der Chronik von Leubelfingen — zugestutzt werden, sich eignen, Gentlemen zu erziehen?

Und mit der Verzweiflung, daß der Staat nicht gezwungen werden könne, seinen Schlendrian aufzugeben, mit der bleibt doch ja vom Erziehen weg. Verzweiflung erzieht nicht, Glaube erzieht. Kirchen glauben, darum können Kirchen, auch wenn sie Sektenkirchen sind, erziehen: unzufriedene Hochgebildete, welche Privatschulen gründen wollen, verzweifeln am Ganzen, darum werden sie dem Ganzen nie zu helfen vermögen. Ich lasse mir nicht ausreden, daß wenn das Volk Ernst machte, Gott nicht noch heute seinen Tod zu schicken wissen würde, der ganze Dynastien, wenn sie einem heiligen Willen nicht folgen wollten, bis auf den letzten Säugling in ihr Erbbegräbnis versammelte, daß er nicht einen Sturm zu blasen verstünde, der alles uns Schädigende, das wir mit unsern schwachen, ungeschulten Kräften zu bemeistern unfähig wären, in weite Fernen verwehte, daß er nicht einen Frühling senden könnte, der neue Blumen weckte und alte Bäume neu grünen machte. Ich will nicht als Privatbesitz haben, was der Gemeinbesitz Aller sein soll. Unser Schulwesen bestehn zu lassen, wie es besteht, ist eine Sünde, der ich nicht aus dem Wege gehn, die ich vernichten will, die ich aber durch aristokratische Privatschulen nicht vernichten werde, welche von vorne herein nicht als Kämpfer gemeint sind, sondern als Delicatessgeschäfte: ist eine Sünde, welche ich, falls ich den Staat zur Vernunft zu bringen vorläufig unvermögend bin, vom Standpunkte der Religion in Kirchenschulen bekämpfe, bis ich soviel um ihres Gottes willen streitende erzogen haben werde, daß sie den Staat zwingen können, ihren Willen zu thun.

Ich füge an dieser Stelle den Nachweis ein, daß der Staat nicht befugt ist, den einzelnen von ihm anerkannten Religionsgemeinschaften das Recht zur Gründung und Erhaltung eigner confessionell geschlossener Unterrichtsanstalten zu bestreiten.

Hält der Staat den Katholicismus oder den Protestantismus in dem Sinne für gemeingefährlich, in welchem etwa der Mormonismus und Socialismus gemeingefährlich sind, so wird er sich entschließen müssen, den Katholicismus und den Protestantismus überall, also auch in den Individuen, offen und mit ganzer Gewalt zu bekämpfen. Er bestraft die Polygamie mit Zuchthaus, weil jeder nachdenkende und das Leben kennende Mann, trotzdem die heiligen Schriften der Semiten diese Polygamie unter Umständen gebieten und überall erlauben, darüber im Klaren ist, daß durch die Polygamie die Grundlagen des ethischen und darum auch des nationalen Lebens, die Möglichkeit des Staates, zerstört werden: die Polygamie und der Mangel einer geordneten Finanzverwaltung haben thatsächlich jeden semitischen Staat unfindlich gemacht: in Aegypten und Asien mußten ihm Kopten, Griechen und Perser, in Spanien Berbern und Slaven den Schein einer Existenz erhalten. Weil dem so ist, findet unser Staat allgemeine Zustimmung, wenn er den Mormonismus nicht duldet. Er fände aber den vielstimmigsten Widerspruch, wenn er an Katholicismus und Protestantismus die Hand legen wollte: diese beiden Bekenntnisse sind freilich ebenfalls der Nation schädlich — nur das Beste ist nicht schädlich —, aber sie wirken nicht in dem Maße grundstürzend wie der Mormonismus. Darum werden sie ertragen.

Was soll es dann aber heißen, zehntausend oder hunderttausend, Millionen Individuen katholisch zu sein verstatten, und diesen Individuen verbieten, die an ihnen selbst nicht bemängelten Grundsätze und Ueberzeugungen in geordneter Weise ihren Kindern und Angehörigen beizubringen, wie sie können?

Wollte der Staat sich herbeilassen, die einzelnen Bekenntnisse einer Revision zu unterziehen? wer wäre befugt, diese Revision vorzunehmen? nach welchen Grundsätzen sollte sie vorgenommen werden? welche Gewähr hätte man, daß es mit dem Revidieren jemals ein Ende haben würde? da doch nur ein Bleibendes dem Werdenden das Ziel zeigen kann, nicht das mit dem Wechsel der Minister Wechselnde: da nur ein Unwiderleglichkeit Beanspruchendes dem Schwankenden Halt zu geben vermag., nicht etwas, das die Auctorität jedes beliebigen Raths erster Klasse als über sich stehend anzuerkennen gehalten wäre: da nur Gott erzieht, nicht ein Götze, und jede Kirche Götzendienst treibt, welche über ihren Gott einen Menschen zu Gerichte sitzen läßt. Und wäre solche Revision nicht mit Bekämpfung ein und dasselbe? wäre sie nicht Mord? da einem Organismus Glieder, und noch dazu wesentliche Glieder, wegschneiden selten ohne Beeinträchtigung des Lebens dieses Organismus abgehn wird.

Möge man sich endlich darüber klar werden, daß Niemand
Religion hat, der, was er als Religion hat, nicht als das ausschließlich und allein richtige, und als unumgänglich für die Rettung jeder Seele ansieht. Wir werden in der Geschichte nie andre als
— man muß das Wort nur richtig verstehn — intolerante Reli-
gionen zu sehen bekommen: was nicht in dem hier vorausgesetzten
Sinne intolerant ist, das ist keine Religion mehr, sondern eine
Theorie über göttliche Dinge, und für das Leben der Nation wie
des Einzelnen so giftig wie Blausäure für den Menschenleib. Toleranz in der liberalen Auffassung des Wortes ist der Feind, den wir
zu bekämpfen haben, weil diese — man verstehe mich: diese —
Toleranz der Tod alles Ernstes ist. Sehen wir ein, daß die Religion
ein unentbehrliches Gut ist, so müssen wir die Intoleranz der Religion in dem aus meinem Zusammenhange' sich ergebenden Sinne
als mit der Religion unzertrennlich verbunden in den Kauf nehmen.

Nur ganz individuelles, ganz persönliches Leben kann uns aus
dem Schlamme erretten, in welchen wir durch die Ueberbürdung
der Geschichte mit Culturballast und Civilisationsquarke, durch die
Schablonisierung der Empfindungen und der Urtheile, durch den
Despotismus der vielen kleinen und großen Selbstsuchten von Tage
zu Tage tiefer versinken. Dies individuelle, persönliche Leben
kann nur durch Beziehung des Menschen auf Gott emporflammen
und brennend bleiben: wer die Welt in und um sich überwinden
will, der muß Gott zum Helfer und zum Ziele haben, sonst wird
ihn die Welt recht bald zu gewaltig dünken, und seine Hände werden lässig und verzweifelnd in den Schooß fallen.

Also nur vorwärts mit der Freiheit zu lehren und zu erziehen
für alle, welche das bürgerliche Gesetzbuch nicht verletzen.

Da wandert über die Berge, durch die einsame Heide der Glau-
bensbote zu seines Glaubens Genossen, spendet Trost und Sakrament
den Bekümmerten, welche auf die Hülfe von oben und den Kuß
Gottes warten, der ihre Seelen hinaufziehen wird : Heimstätten haben
sie hier und da, weit weg vom eignen Heerde, ihre Kinder darin
zuzubereiten für das große Vaterland oben, Heimstätten, an welchen
ihr Herz hängt: der Genosse unsres Friedens und unsrer Hoffnung,
wie ist er willkommen, wann er an die Thüre klopft, der sichere
Mann, verschworen wie wir, durch Sein und Leiden, durch Kampf
und Gebet der Zukunft in diesem geliebten Vaterlande eine Wohnung zu richten.

Wem es nicht ein Genuß ist, einer Minderheit anzugehören,
welche die Wahrheit verficht und für die Wahrheit leidet, der verdient nie zu siegen. Deutschland ist moralisch feige geworden,
seit man der Majorität zu folgen zum Staatsprincipe erhoben hat.
Die Sektenkirchen sind das nothwendige Heilmittel gegen das er-
schlaffende, uns zum Untergange hindrängende Stimmviehgetreibe un-
serer öffentlichen Versammlungen: sie sind so lange nöthig, als nicht
Deutschland ein freier Bund selbstständiger Stämme und seine

Stämme nicht ein Bund selbstständiger Männer geworden sind, und
als nicht eine nationale Religion alle Deutschen eint und bindet.
Nehmet jeden Schein weltlicher Hülfe von der Religion hinweg, aber rührt nicht an sie, wenn sie da ist, lasset sie gewähren:
sie allein kann uns helfen. Kinderseelen schütten nach dem deutschen Glauben den Thau Nachts auf Baum, Gras und Blume: Kinderseelen werden den Thau auch unserm Volke herbeitragen, wenn
ihr die Kinder behandelt als aus Gottes Hand euch geschenktes ur-
sprüngliches, unentweihtes Leben, das für den zu erhalten und zu
bilden ist, der es euch geschenkt hat, wenn ihr nichts an sie
bringt, nichts um sie her leidet, als was echt, was ursprünglich,
was das vollkommenste ist. Das kann kein Staat thun und keine
Staatsschule, denn der Staat erzieht nur um seines und seiner Auf-
traggeber weltlichen Vortheils halber: er lohnt durch Geld, und handelt
für Geld. Die Kirchen müssen die vollen reinen Herzen ihrer besten Söhne und Töchter an das Werk setzen, Herzen, denen alle
irdischen Wünsche erfüllt sind, wenn sie hoffen dürfen, daß einmal noch nach langen Jahren an ihrem Grabe neben Lilie und
Rose und dem verfallenden Kreuze Greise und Greisinnen stehn
werden, welche dem Schläfer da unten für die Wegweisung zum
ewigen Leben danken möchten.
Ja wohl, unbequem sind wir, aber ihr lebt durch uns, und
wenn wir unbequemen Einsiedler und Sonderlinge einmal nicht
mehr wären, so würdet auch ihr bald aufhören zu sein.

6

Nicht wenig des über die Universitäten zu Sagenden ist schon
im ersten Bande meiner deutschen Schriften gesagt worden: hier
sehe ich die Sache von einem andern Gesichtspunkte aus an, und
ergänze so das dort Vorgetragene.
Die deutschen Universitäten haben zwei Grundfehler: sie sind
ein Gemisch aus Akademie, Universität und Fachschule, sie sind
nur in sehr unvollkommener Weise Unterrichtsanstalten.
Ich setze als Bestimmung der Universität, daß sie die Anstalt
sei, durch welche eine Uebersicht über den Stand und die Ergebnisse der Wissenschaft in deren weitestem Umfange demjenigen
zugänglich gemacht wird, der nach einer solchen Uebersicht begehrt.
Niemand wird bestreiten, daß Anstalten dieser Art vorhanden sein
müssen, niemand, daß sie nur aus öffentlichen Mitteln erhalten
werden können: fraglich ist nur, ob in Deutschland eine so große
Anzahl solcher Anstalten nöthig ist, ob man sich nicht mit wenige-
ren begnügen, und dafür die zu erhaltenden mit bedeutenderen Mitteln ausstatten müsse. Doch ist dies zu besprechen nicht dieses Ortes.
Theilen die Universitäten das Wissen um das Wissen mit, so
gehört Religion, Recht, Kunst, Geschichte, Natur und manches Andere in ihren Kreis, aber nur soferne es gewußt wird, nicht soferne man ihm praktisch gegenüber tritt. Gibt man zu, daß der
Botaniker nicht Gärtner, der Kunsthistoriker nicht Maler, Bildhauer

oder Baumeister zu bilden hat, so muß man auch zugeben, daß der Theologe nicht Geistliche, der Jurist nicht Richter, der Anatom und Zoologe nicht Aerzte erzieht und zurüstet, der Philolog nicht Lehrer.

Es ergäbe sich die Forderung, alle praktischen Uebungen und allen auf die Einweisung irgend welcher Menschen in einen praktischen Beruf sich beziehenden Unterricht aus der Universität auszuscheiden, und beides Schulen zu überweisen, welche freilich mit gutem Fuge in die Universitätsstädte gelegt werden werden, um ihren Schülern Gelegenheit zur Vervollkommnung in der Theorie zu bieten, welche aber unbedingt von den Universitäten geflissentlich und für alle erkennbar zu trennen sind. Ein Processualist, ein Kliniker und ähnliche Männer müssen mit der Wissenschaft auf dem besten Fuße stehn, aber sie lehren nicht Wissenschaft: sie sind artistae im mittelalterlichen Sinne dieses Ausdrucks.

Daß die Theologie bestimmter Confessionen nicht in der hergebrachten Weise an die Wissenschaft lehrende Universität gehört, habe ich 1873 mit solchem Glücke auseinandergesetzt, daß ich die Anschauung jetzt als durchgefochten ansehen darf. Auch der Haß der sich für Diener der Wissenschaft haltenden Advokaten bestimmter Confessionen beweist zur Genüge, daß sie mit ihren nicht zu rechtfertigenden Ansprüchen bereits abgewiesen sind.

Ich bin nicht gemeint, hier eine Uebersicht der an den Universitäten zu lehrenden Wissenschaften zu geben: die Forderung, daß unsre vier Facultäten auf zwei zurückgeführt werden müssen — die Wissenschaft von der Natur und die vom Geiste sind ihre Vorwürfe —, daß eine Reinigung der Universitäten von allem Praktischen in Angriff zu nehmen sei, diese Forderungen stelle ich, und werde im Jahre 1900 nachfragen, was aus ihnen geworden sein wird.

Sollen die Universitäten lehren was gewußt wird, so müssen sie in die Lage gebracht werden, das zu sein, was sie sein sollen: sie müssen Schulen werden, hohe Schulen, nicht Klippschulen, aber Schulen.

Diese Forderung bedingt folgende Bestimmungen:

Der Dienst im Heere ist von den Pflichtigen entweder vor dem ausschließlich dem Studium gewidmeten Triennium oder nach diesem abzuthun, da ihn in zwei beliebige Semester des jetzt Triennium genannten Zeitraums verlegen nichts anderes heißt als statt drei Jahre zwei studieren, und da jede vernünftige Regelung des Studienganges durch solche Willkühr unmöglich wird.

Studentenverbindungen sind schlechthin zu untersagen, ebenso die Einpaukereien der bekannten Hülfen in der Noth. Wir sind es satt, die höchsten Stellen der Verwaltung und der Justiz vorwiegend von denen besetzt zu sehen, welche als Studenten Kneipen, Fechtböden und allerhand unsern Anschauungen widerlichen Sport betrieben, danach sich von irgend einem oft wenig empfehlenswerthen Zubläser für ihr Examen haben dressieren lassen, und schließlich durch ihre Familienverbindungen an Plätze gebracht wurden, auf denen sie sich nur durch die versteckte Hülfe der von ihnen verachteten Roture zu halten im Stande sind.

Jedem Studierenden ist für sein Fach wenigstens in großen Zügen ein Studienplan vorzuschreiben. Die Lehrer haben persönlich oder durch Repetenten sich davon zu überzeugen, daß er mit Nutzen eingehalten worden ist, und sind dienstlich und bei ihrem Eide verpflichtet, Studierende, welche nach ihrem Ermessen für einen höheren Cursus unreif sind, durch die Behörde unweigerlich auf dem niederen Cursus zurückhalten zu lassen. Jeder so Zurückgehaltene muß berechtigt sein, auf eine ausdrückliche Prüfung anzutragen.

Die Professoren treten mit dem Anfange des Semesters, in welchem sie 65 Jahre alt werden, ohne weiteres in den Ruhestand. Sie behalten das Recht zu lesen und ihr ganzes Gehalt, sie verlieren, ohne daß es eines Antrags ihrer Seits oder seitens der Behörde bedarf, an dem gedachten Termine die Fähigkeit, Instituten vorzustehn, und in Facultät und Senat zu erscheinen. Dispensation von der Befolgung dieser Vorschrift darf unter keinen Umständen ertheilt werden.

7

Neben den Universitäten und neben den Schulen der Artisten haben die Akademien zu stehn, bestimmt, diejenigen in sich aufzunehmen, welche nicht lehren, das heißt, die Ergebnisse der Wissenschaft denen mittheilen wollen, welche sie zu erfahren wünschen, sondern welche neue Ergebnisse zu finden vorhaben.

Preußen — ich setze voraus, daß es bis zum Erzgebirge und Main reiche — besitzt drei Akademien, die zu Berlin, die zu Leipzig, die zu Goettingen. Die zweite dieser Akademien ist überflüssig, die erste liegt nicht erwünscht. Wie es zwei Collegien geben muß, denen die Prüfung der Schulamtscandidaten obliegt, in Cassel und Frankfurt, und wie da die Elbe und Saale die Grenze ihrer Bezirke bilden, so muß es auch zwei Akademien geben. Das alte Sachsenland und die Main- und Rheinfranken auf der einen Seite, die Colonien der Sachsen und Franken unter Obotriten, Lutiziern, Polaben, Sorben, Wenden, Oder-Polen, Lithauern, Preußen, Masuren — das ist genug geschieden: das sorbische Leipzig hat neben dem wendischen Berlin keine Berechtigung. Leipzigs morgenländische Gesellschaft, eine Sammelstelle für anspruchsvolle Mittelmäßigkeiten, hat überdies gezeigt, daß in Leipzig Hervorragendes selten gedeiht. Berlin ist als Sitz einer Akademie — wie unter den jetzt obwaltenden Verhältnissen einer Universität — unerwünscht, weil die Gefahr nahe liegt, daß ihre Mitglieder mit dem Hofe und der Regierung in engere Beziehungen treten, als im Interesse der Gleichberechtigung aller Universitäten und beider Akademien zugelassen werden kann: nichts hat dem Minister Falk in der Meinung der deutschen Gelehrtenwelt so geschadet, nichts die Unzufriedenheit der deutschen Gelehrtenwelt so befördert wie der — vielleicht ja irrige — Glaube, daß er den berliner Gelehrten Einfluß auf die Geschäfte gestattet habe.

Es ist wider alle Staatsklugheit, in Deutschland Einer Universität und Einer Akademie einen höheren Rang als ihren Schwestern beizulegen. Diese Anstalten müssen durchaus, weil sie als Arterien und Venen überall am Leibe Deutschlands gleichen Beruf haben, auch im Werthe unbedingt gleich stehn: sie werden dies am leichtesten thun, wenn keiner einzigen unter ihnen eine äußerliche Gelegenheit geboten wird, sich über ihres Gleichen zu erheben. Dies ist noch lange nicht genug anerkannt: man wird sogar behaupten dürfen, daß nur ein sehr schwaches, nicht selten nur aus dem Neide, nicht aus politischer Einsicht stammendes Bewußtsein über die Werthung der deutschen Universitäten vorhanden ist.

Aber denke man nicht daran, die Akademiker alle in Berlin (oder dessen Nachfolgerin) und in Goettingen zu vereinigen. Nur soviele müssen ihrer dort beisammen sein, daß ein Mittelpunkt für Abwicklung der Geschäfte geboten ist: die meisten Mitglieder der Akademien werden leben können wo sie wollen, und sie werden da leben wollen, wo zu leben ihren Studien ersprießlich ist.

Zunächst sind die ordentlichen Akademiker von der Krone zu ernennen. Die Krone wird sie aus den Männern auswählen, welche die preußischen Universitäten ihr vorschlagen werden. Es darf niemand vorgeschlagen werden, der nicht Unterthan der Krone Preußen, und der nicht christlichen oder nachchristlichen Bekenntnisses ist. Die für den Vorschlag maßgebenden Erwägungen sind dem Vorschlage beizufügen. Die Gründe der ersten Beschränkung sind die, daß es einmal Preußen nicht zusteht, das Geld seiner Steuerzahler für Nicht-Preußen zu verwenden: daß weiter, wer, wenn auch mittelbar, ein Amt von Preußen empfängt, für alle möglichen Fälle seinen Rechtsstand in Preußen haben muß, um, wenn es nöthig werden sollte, ohne Schwierigkeiten belangt werden zu können. Der Grund der zweiten Beschränkung ist der, daß, so gewiß keines der christlichen Bekenntnisse den Bedürfnissen moderner Menschen entspricht, eben darum nicht entspricht, weil es selbst früheren, vergangenen Jahrhunderten angehört, ebenso gewiß niemand das Recht hat, die 1800 Jahre christlicher Kirche mit allen ihren tiefgehenden Einwirkungen auf die Geschichte des Menschengeschlechts einfach als nicht vorhanden, als einen einzigen großen Irrthum anzusehen. Man mag — und soll, wenn es möglich ist — über das Christenthum hinausgehn, aber niemand, der berücksichtigt zu werden verlangt, darf hinter dem Christenthume zurückbleiben. Es ist nicht leicht mit einem in guter Gesellschaft zulässigen Worte zu bezeichnen, wenn die Juden mit ihrem alten Glauben im Gegensatze gegen das Christenthum prunken: man sollte einsehen, daß wer dem Atavismus verfallen ist, vielleicht Handlanger, aber nie Jünger irgend welcher Wissenschaft sein kann, weil er durch seine Leugnung aller Entwicklung erwiesen hat, daß er Thatsachen zu erkennen und anzuerkennen unfähig ist. Die Tastfäden eines Wasserthieres sind im Sinne der Wissenschaft keine Thatsachen, da die Wissenschaft ihre Facta niemals mit den leiblichen Augen sieht: hinwiederum eine Declamation über Geschichte im Sinne des Liberalismus ist im Sinne der Wissenschaft keine Idee, weil sie nicht auf dem Verständnisse eines realen Vorganges, sondern auf Einbildungen eines kranken Individualismus beruht.

Nachdem die beiden Akademien so constituiert sind, hat jeder Gelehrte das Recht, sich um die Aufnahme in ihre zweite Klasse, die Klasse der außerordentlichen Akademiker, bei dem Praesidenten einer der beiden Akademien zu bewerben.

Vorbedingung der Bewerbung ist, daß der Bewerber Unterthan der Krone Preußen, und daß er einer der christlichen Confessionen angehörig oder aus einer dieser Confessionen rechtsgültig ausgetreten ist, ohne zu einer nicht-christlichen Confession sich bekannt zu haben.

Wer sich um die Mitgliedschaft einer Akademie bewirbt, hat weiter nachzuweisen, daß er ordnungsmäßig einer Universität durch seine Promotion und dem Staate durch ein Examen mit den besten Lobe den Nachweis seiner Ausbildung geführt hat. Denn die Akademie, verstreut wie sie ist, hat die Mittel nicht, um zu untersuchen, ob derjenige das bisher gewußte gelernt hat, der sich ihr zur Auffindung des noch nicht Gewußten anbietet, und doch muß sie wissen, ob jenes der Fall ist, da nur, wann es der Fall, man hoffen darf, daß der Anbietende das vielleicht leisten werde, was zu leisten er sich anheischig macht.

Der Bewerber hat eine Aufgabe zu nennen, welche er bearbeiten will, und einen Plan seiner Studien und Vorhaben einzureichen. Findet dieser den Beifall der mit seiner Prüfung betrauten ordentlichen Akademiker, und ist in der Akademie das Geld für eine Stelle dieses Grades flüssig, so wird die Aufgabe mit den über sie und den skizzierten Plan handelnden Gutachten unter Angabe aller Namen in den Schriften der Akademie gedruckt, der Bewerber zum außerordentlichen Akademiker ernannt, und mit der für eine bescheidene Lebensführung und die Verwirklichung seines Strebens nöthigen Summe ausgestattet.

Ist dieser Vorgang fünfmal vor einer der Akademien in einer nach Anhörung möglichst vieler und möglichst von einander verschiedener Sachverständigen durchaus genügend scheinenden Weise wiederholt worden, so tritt der so Erprobte, falls eine ordentliche Stelle in der Akademie frei ist, ohne Weiteres in die Klasse der ordentlichen Akademiker, empfängt das für ordentliche Akademiker ausgeworfene Gehalt, und arbeitet weiter was und wie es ihn gut dünkt.

Alle nöthigen Listen sind durch öffentlichen Druck so geschäftsmäßig wie möglich am Schlusse jedes Arbeitsjahres jedermann bekannt zu machen.

Ein Akademiker, welcher ohne triftigen Grund seine Leistungen auf länger als drei Jahre unterbricht, wird, wenn er nicht dem Praesidenten und dem Ehrenrathe der Akademie sich ausreichend entschuldigt, aus der Liste der Akademiker gestrichen und geht seines Gehaltes verlustig. Er darf in die Akademie nie wieder aufgenommen werden.

Mit dem sechzigsten Lebensjahre tritt er in die Zahl der Veteranen, welche zur Arbeit nicht mehr verpflichtet sind. Er behält seine Bezüge, verliert aber den Titel Akademiker, und was er noch arbeitet, arbeitet er auf eigne Gefahr und zu rein persönlichem Nutzen.

Alle im Vorhergehenden vorgeschlagenen Bestimmungen zwecken darauf ab, die Willkühr, so weit dies irgend geht, von dem Gebiete der Gelehrsamkeit ferne zu halten. Allgemein bekannt ist, welche Feindschaften unter den deutschen Gelehrten herrschen, daß ganze Universitäten durch den bittern Haß ihrer Lehrer zerrüttet sind, daß es der Auflobungsgesellschaften eine beträchtliche Zahl gibt, daß die Fähigkeit objectiv zu urtheilen eine außerordentlich geringe ist. Wer Beläge für diese, übrigens der Beläge kaum bedürftigen Behauptungen zu haben wünscht, möge den zweiten Theil meiner Symmicta und meine Aktenstücke und Glossen aus dem deutschen Gelehrtenleben lesen: er wird befriedigt werden. Vereinigen sich, um gleich den ersten meiner Vorschläge zu erläutern, zehn Universitäten auf einen und denselben Namen, so ist einige Wahrscheinlichkeit, daß die Krone nicht fehl greifen wird, wenn sie den von ihnen allen Genannten in die Akademie beruft.

Ich will hier noch die Forderung stellen, daß auch die Akademien nur von denen in Anspruch zu nehmen sind, welchen die eignen Mittel zur Verfolgung gelehrter Studien wirklich fehlen, wobei ausdrücklich daran erinnert werden soll, daß ein Leben, wie es die Börsenleute in Deutschland eingeführt haben, voll der nutzlosesten Verschwendung für Unwesentliches und des knickerigsten Geizes für Wesentliches, daß ein solches Leben zu führen und zu begehren den deutschen Gelehrten entehrt. Unser ganzes Volk, und darum auch unsre Gelehrten, müssen sich durchaus mit dem Gedanken vertraut machen, daß was der Einzelne ohne Hülfe durchführen kann, nicht aus dem allgemeinen Säckel bezahlt werden darf. Ehrlos ist es, die Wissenschaft vom Bettel leben zu lassen, wo man sie durch eigne Arbeit oder eigne Entsagung, allenfalls durch die Unterstützung der persönlichen Freunde, lebend erhalten kann und soll.

8

Da die Gelehrsamkeit nur durch Bücher fortgepflanzt und erweitert wird, Bücher zu drucken aber Geld kostet, ist allerdings nothwendig, daß man in Deutschland Bücher zu kaufen sich entschließe, weil nur dadurch das Bücherdrucken auf die Dauer möglich bleiben wird. Der deutsche Gelehrte kauft in seiner Mehrheit nichts: er irrt in weitaus den meisten Fällen, wenn er behauptet es nicht zu können. Weil er nicht kauft, bettelt er Verleger und

Autoren gar nicht selten um Recensionsexemplare an — ich habe
eine schöne Sammlung solcher Gesuche —, und verlumpt in Folge
der eingegangenen Verpflichtungen: er lobt entweder aus Dankge-
fühl was nicht zu loben ist, oder er tadelt, um sich zu rächen,
wenn er abschläglich beschieden worden, oder er leistet nicht was
er verheißen, und haßt die Geber, mögen diese ihn mahnen oder
nicht mahnen.

Kaufte der Gelehrte Bücher, so wäre der unzurechnungsfähige
Parteimensch in recht vielen Fällen nicht mehr im Stande, so un-
gescheut und maßlos in Recensionen und Klarstellungen zu lügen,
zu verdrehen, zu verleumden, wie jetzt geschieht, weil er wüßte,
daß seine Aeußerungen von Leuten gelesen werden, welche den
Gegenstand seiner Wuth aus eigner Anschauung kennen. Auch das
Todtschweigen unbequemer Bücher und Menschen würde nicht mehr
helfen, wenn die Deutschen Bücher kauften: und die todtgeschwie-
genen Bücher sind meistens die nützlichsten.

Sollte sich nicht empfehlen, die deutschen Gelehrten — Lehrer
an Schulen und Universitäten wie Akademiker — von Staats wegen
mit fünf Procent ihrer Bruttoeinnahme zum Besten der ihnen nächsten öffentlichen Bibliothek zu besteuern, wenn sie nicht nachweisen
können — nicht für Schulbücher ihrer Kinder und Goldschnitt-
litteratur, sondern für Werke der Wissenschaft — diese fünf Procent einem Buchhändler zugeführt zu haben? Bei einem Einkommen von 6000 Mark würde 300 Mark im Jahre für die eigne
Bibliothek zu verwenden durchaus in der Ordnung sein: der Buch-
handel würde unmittelbar, die Wissenschaft und die Gelehrten würden mittelbar den Nutzen von der Einrichtung haben.

Die öffentlichen Bibliotheken werden die Werke zu kaufen
haben, welche für Privatpersonen unerschwinglich theuer sind:
Lehrer des Griechischen, welche die Speciallexica zum Homer und
Sophocles und Aehnliches nicht selbst besäßen, und analog ihre
Collegen, die analog handelten, sollten der öffentlichen Verachtung
preisgegeben werden, welche ja die Wirthe der Stammkneipen und
die Tabacksgeschäfte nicht mit zu leisten brauchten.

9

Alles was ich auseinandergesetzt habe, läßt sich in eine einzige Forderung zusammenfassen, die, Ernst zu machen. Jeder, der
irgendwo und irgendwie zu befehlen und zu lehren gehabt hat,
weiß, daß — seine eigne Tüchtigkeit vorausgesetzt — die Jugend
und der sogenannte gemeine Mann zu Allem zu bringen sind, und
daß Jugend und gemeiner Mann sich dann am wohlsten fühlen,
wann sie tüchtig heran müssen. Bedingung ist dabei, daß die Mit-
befehlenden und Mitlehrenden dasselbe wollen wie ihr Nebenmann.
Ein jugendlicher Herakles neben einer moosbewachsenen, stets
blödsinnig milde nickenden Pagode, ein Knecht, der Hott fährt,
neben einem Herrn, der Hui sagt, ein System, das um Material für
Besetzung schlechter Stellen zu gewinnen, sich auf Humanität spielt,

neben einem ehrlichen Treiber und Verlanger — das geht freilich nicht zu gutem Ende. Hier muß der Staat Wandel schaffen, und die Gesellschaft, die von der Frömmigkeit erleuchtete und erwärmte, von dem drohenden Untergange des Vaterlands geschreckte Gesellschaft muß den Staat zwingen Wandel zu schaffen.

Macht Ernst mit euren schönen Worten, so wird das Paradies auf Erden sein: fahrt fort Worte zu machen ohne Ernst, so werden wir Alle bald in Nichts versinken: denn das 1870 vorhandene Kapital unsres geistigen Lebens ist durch die letzte Periode unsrer Geschichte nahezu aufgebraucht, und wir stehn vor dem Bankerotte.

Die Reorganisation des Adels.

Das Naturrecht verhält sich zu den positiven Rechten wie die Metaphysik zum individuellen Denken. Das Naturrecht ermittelt aus der Vergleichung der positiven Rechte, was Recht und was Rechtens ist.

Wer das zugibt, gibt zu, daß niemand über Rechtsverhältnisse eine sogenannte philosophische Ansicht haben darf, der nicht vergleichende Rechtswissenschaft studiert hat.

Ich habe vergleichende Rechtswissenschaft nicht studiert, nehme mir aber darum auch nicht heraus, über Naturrecht mitzureden. Was ich auf den folgenden Blättern vortragen werde, was ich in andern Schriften vorgetragen habe, ist nicht Naturrecht, sondern Nothrecht, wobei ich zur Erwägung stelle, ob nicht alles Recht von Hause aus Nothrecht ist.

Ich schicke mich an über den Adel zu reden.

Die Geschichte des germanischen Adels kenne ich einigermaßen: ich vergesse was ich kenne, denn es nützt mir jetzt so gut wie nichts. Ich schreibe für Deutschland, und in Deutschland ist der Adel historisch und politisch, wenn man nicht die Fürsten noch Adel nennen will, ohne Bedeutung: der Adel bedeutet nur noch in der Gesellschaft etwas, und auch da nicht viel.

Deutschland ist in der vollsten Desorganisation. Die Gesetzgebung hat alle Schranken des Verkehrs und des Erwerbens niedergerissen. Die Politik hat die übrigens der Vernunft so wenig wie der Natur entsprechenden Grenzen der deutschen Staaten thatsächlich beseitigt, und wird über kurz oder lang auch den Schein nicht mehr aufrecht erhalten können, als beständen sie noch. Der im ausdrücklichen Auftrage des Reichskanzlers vom Minister Falk unternommene Culturkampf hat in erster Linie den Protestantismus geschädigt, in zweiter die Religion durch das ganze Land dem Spotte ihrer Feinde Preis gegeben: statt sich trauen zu lassen, hangen die Brautpaare jetzt nach dem höhnischen Ausdrucke des Volks im Kasten, und die Heiligkeit der Ehe, die Grundlage aller Gesittung, ist in Frage gestellt. Die Gemeinden sind in den Händen der politischen Parteien, die größeren Gemeinden in den Händen einer den Deutschen durchaus antipathischen fremden Nation.

Kein Volk kann organischer Gliederung entrathen: die mechanische Abtheilung, welche der Staat zu Stande bringt und bedarf, ersetzt die Gliederung des natürlichen Werdens und Daseins nicht.

Da nun die Physiologie gezeigt hat, daß ein Leib eine Aneinanderreihung vieler, durch ein individuelles Lebensprincip zusammengehaltener Zellen ist, da sie ferner gezeigt hat, daß jede Zelle durch Theilung neue Zellen erzeugt, und diese sich kraft jenes Lebensprincips zweckmäßig gliedern, so ist einer desorganisierten Nation nichts nöthiger als möglichst viele kleine Lebenscentren zu gewinnen, weil nur durch diese ein organisches neues Leben entstehn kann, und es durch sie mit Sicherheit entstehn wird.

Die Zelle, welche am energischsten sich ausbreitet, ist die Familie. Weil sie dies ist, muß — ich knüpfe hier an meine Auseinandersetzungen von 1853 an — der Adel hergestellt werden, nicht als die Gemeinschaft der vornehm geborenen, sondern als die Gemeinschaft aller Familien, welche die Familie und deren Leben als die Grundlage des Lebens der Nation ansehen und erhalten wollen, er muß hergestellt werden als eine Corporation, welche Rechte nur in soweit besitzt, als sie Rechte zur Ausübung ihrer Pflichten bedarf. Ich kann nur einen früher von mir gebrauchten Ausdruck wiederholen: die taktische Einheit, welche das Ethos gegen Natur und Sünde ins Feld führt, ist die Familie.

Die Familie hat in Deutschland nur noch in ganz vereinzelten Fällen eine natürliche Grundlage, ein unveräußerliches Besitzthum, durch welches sie erhalten wird, weil es selbst nicht vergeht.

Sich seiner Vorfahren freuen gilt für abgeschmackt, nach ihren Schicksalen zu forschen für Zeitverschwendung: so leicht niemand hinterläßt den Nachkommen die äußere Möglichkeit sich als Familie zu unterscheiden, weil er die Vorwürfe der Freisinnigen, den Spott der Judenschaft scheut, welche allerdings ohne Unterschied in allen ihren Exemplaren von Iacob abzustammen meint.

Wenn wir warten wollten, bis der Familiensinn von selbst wieder erwachte, wären wir Narren: der erwartete Zeitpunkt würde nie eintreten.

Die Deutschen als Nation haben Initiative für nichts: als Nation dulden sie das Gute, aber sie erzeugen es nicht. Den Familiensinn werden sie nicht anders behandeln als andre Güter.

Der König soll der Erzieher der Nation sein, und er ist es, wenn er mehr ist, weiter sieht, tiefer wurzelt als seine Unterthanen. Er kann und soll bei seinem Erziehungswerke die Hülfe seiner Stände haben, wenn diese nicht königstreu, sondern königlich gesinnt sind.

Der König waltet seines Amtes als Haupt seines Geschlechts, darum ist Er derjenige, welcher zur Wiederbelebung des Familiensinns und der Familienehre berufen ist.

Er wird als Vater wissen, daß Erziehung nur allmälig wirkt, und wird als ein Stück einer ruhig fortströmenden Entwickelung nicht nervös werden, wenn erst sein Sohn oder Enkel des jetzt gepflanzten Baumes Schatten und Früchte genießt.

Der König erzieht auch durch die Institutionen, welche er ins Leben ruft.

Keine Institution ist ein Segen für das Volk als die, welche in erster Stelle Pflichten auferlegt: die Rechte kommen stets von selbst, wenn die Pflichten ernst genommen werden.

Soll der Adel in dem oben angedeuteten Sinne reorganisiert werden, so müssen ihm Pflichten zugewiesen werden, welche nur Er zu erfüllen hat. Diese Pflichten dürfen keine idealen Pflichten sein, denn' ideale Pflichten sind für die überwiegende Mehrzahl der Menschen keine Pflichten. Die Ausführung der Pflichten muß von den Gerichtshöfen erzwungen werden können, denn eine jede nicht unter dem Schutze des Zwanges stehende Pflicht ist für die Menge keine Pflicht.

Ist der Adel die Gemeinschaft der Männer, welche die Familie als die Grundlage der Nation anerkennen und zur Anerkennung bringen wollen, so sind Bestimmungen zu treffen, welche diese Anerkennung und Werthschätzung in Rechtshandlungen umzusetzen erlauben und gebieten.

Es wird zu verordnen sein was folgt.

1

Zum Adel gehören ohne Weiteres und ohne Weigerung alle vor Erlaß des gegenwärtigen Gesetzes im Sinne des preußischen Landrechts adlige Personen: ferner alle diejenigen, welche selbst, sei es als Offiziere, sei es als studierte Beamte, Prediger, Priester und Lehrer in unmittelbarem oder mittelbarem Dienste eines deutschen Staates oder des deutschen Reiches stehn, vorausgesetzt, daß ihr Vater und daß ihre beiden Großväter des gleichen Standes sind oder gewesen sind, und weiter vorausgesetzt, daß sie selbst und ihre sechs nächsten Ahnen, das heißt, beide Eltern und die beiden Großelternpaare von der Geburt an einer der christlichen Religionsgemeinschaften angehört haben, oder in mündigem Alter, ohne in eine nicht-christliche Religionsgemeinschaft einzutreten, aus einer christlichen Religionsgemeinschaft ausgeschieden sind. Der bloße Nachweis, daß die Bedingungen adligen Standes vorhanden, erhebt ohne weiteres durch sich selbst in den Adel.

2

Wer ohne daß die im vorigen Paragraphen in Betreff seines Standes und des Standes seines Vaters und seiner beiden Großväter angegebenen Bedingungen erfüllt sind, zum Adel gehören will, hat, vorausgesetzt, daß die übrigen Bestimmungen des ersten Paragraphen in vollem Umfange eingehalten bleiben, seinen auf den Eintritt in den Adelsstand bezüglichen Willen vor einem Notare zu erklären, und sich vor eben diesem Notare zur Erfüllung der den Adligen auferlegten Pflichten zu verbinden. Es steht ihm frei, unmündige männliche Blutsverwandte väterlicher Seite in seine Anmeldung einzuschließen, wenn er sich für deren Unterhaltung und Erziehung zu sorgen anheischig macht. Mündige Blutsverwandte väterlicher Seite darf er nicht hindern sich seinem Geschlechte anzuschließen, falls sie die vom Gesetze verlangten Pflichten zu übernehmen erklären, ihr eigner Bekenntnisstand sowie der Bekenntnisstand ihrer sechs nächsten Ahnen der vom ersten Paragraphen dieses Gesetzes geforderte ist, und sie die Gewißheit bieten, sich und die Ihrigen selbstständig in einem ehrlichen Berufe ernähren zu können.

3

Jedes adlige Geschlecht ist verpflichtet:

alle Geschlechtsverwandten nach Maßgabe der vorhandenen Mittel im Falle der Noth zu unterstützen, sowie ihnen die Annahme öffentlicher Wohltätigkeitsspenden zu ersparen und zu verbieten:

ein dem Geschlechte gehörendes und nur zum Besten des Geschlechts zu verwendendes Capital zu sammeln:

ein Geschlechtshaus zu beschaffen, in welchem bedürftigen Mitgliedern des Geschlechts freie Unterkunft und womöglich freie Verpflegung gewährt wird:

ein zu einem dem Geschlechte eignenden Fideicommisse zu erklärendes schuldenfreies ländliches Anwesen, welches auch aus mehreren einzelnen Gütern wird bestehn dürfen, oder aber ebenfalls für Fideicommiss zu erklärenden, schuldenfreien Grundbesitz in Städten zu erwerben:

Ehen der Geschlechtsverwandten mit Personen eines den Grundanschauungen des deutschen Adels nicht passenden Bekenntnisstandes zu hindern:

mit dem Verluste der bürgerlichen Ehrenrechte bestrafte, oder durch gerichtliche Urkunde für Verschwender und leichtsinnige Schuldenmacher erklärte, oder einer von den Vertrauensmännern des Geschlechts anerkannten Unehrenhaftigkeit schuldige, oder im Sinne des vorhergehenden Absatzes nicht standesgemäße Ehen schließende, oder an den Börsen speculierende, Verwaltungs- und Aufsichtsräthen angehörende Geschlechtsverwandte aus dem Geschlechte auszustoßen, allen Antheils an dem Vermögen des Geschlechts wie des Geschlechtsnamens verlustig zu erklären, und jeden Umgang mit ihnen zu meiden.

Die Bestimmungen, welche hier über den Erwerb der verschiedenen Arten eines Geschlechtsvermögens getroffen sind, treten nach Verstatten der Umstände nach und nach oder sofort in Kraft, mit der Maßgabe, daß mit der Sammlung eines Capitals sofort zu beginnen ist, und dessen Zinsen so lange zum Grundstocke geschlagen werden müssen, bis derselbe eine dem Anfangsgehalte eines Oberlandesgerichtsraths gleiche Rente abwirft.

4

Die mündigen Männer eines Geschlechts wählen durch mündliche oder schriftliche Abstimmung aus ihrer Mitte einen Geschlechtsvorstand und einen Stellvertreter desselben.

Die Wahl ist gültig, wenn allen zu ihr berechtigten die Aufforderung zur Wahl mindestens vier Wochen vor dem Wahltage behändigt worden ist: sie ist rechtskräftig, wenn das im eilften

Paragraphen genannte Heroldsamt nach Einsicht der Geschlechts-
listen, der Wahlausschreiben, der über die Wahl geführten Proto-
kolle, und der ihm von den Gerichten des Landes zugegangenen
Nachrichten über die Bescholtenheitserklärungen adliger Personen
gegen dieselbe nichts einzuwenden gehabt, und dies in einer den
Erwählten zugefertigten Urkunde ausgesprochen hat.

5

Das Geschlechtshaupt und dessen Stellvertreter bleiben, bürgerliche Unbescholtenheit und vollen Gebrauch aller ihrer Sinne und
ihres Verstandes vorausgesetzt, bis zum ersten Januar des Jahres
im Amte, in welches ihr einundsechzigster Geburtstag fällt.

Sie dürfen vor diesem Zeitpunkte aus triftigen Gründen ihr
Amt niederlegen — über die Triftigkeit entscheiden die mündigen
Männer des Geschlechts —, sie dürfen, nachdem sie es einmal nie-
dergelegt haben, oder ihres Alters wegen ausgeschieden sind, nicht
wieder für dasselbe gewählt werden.

6

Der Geschlechtsvorstand vertritt das Geschlecht in allen Rechts-
geschäften, ohne einer besonderen Vollmacht von den einzelnen
Gliedern des Geschlechts zu bedürfen, in der Weise, in welcher
ein Vormund seine Mündel vertritt. Auch seine Verwaltung des
Geschlechtsvermögens ist an die Normen gebunden, welche das Lan-
desgesetz Vormündern auferlegt hat oder auferlegen wird.

Er stellt Listen über den Bestand des Geschlechts auf, und
leitet beglaubigte Abschriften aller denselben angehenden Urkunden
an das Heroldsamt.

Er verwaltet das Vermögen des Geschlechts, entscheidet über
die den einzelnen Mitgliedern aus dessen Ertrage zu gewährenden
Unterstützungen und Renten, leistet die angewiesenen Zahlungen,
und führt das Kassenbuch entweder selbst oder durch einen Beamten, für dessen Gebahren und Leistung er persönlich verantwort-
lich ist: es bleibt ihm unbenommen, von demselben in ihm geeignet scheinender Weise Bürgschaft und Faustpfand bestellen zu lassen.

Er sorgt dafür, daß jedes Mitglied des Geschlechts den im
dritten Paragraphen verzeichneten Pflichten pünktlich nachkomme,
und ist bei seiner Ehre gehalten, Säumige zur Erfüllung ihrer Ob-
liegenheiten zu zwingen, und Pflichtvergessene aus dem Geschlechte
auszustoßen.

Ein Recht Nachsicht zu üben wohnt ihm nicht bei.

7

Der Stellvertreter des Geschlechtsvorstandes übernimmt dessen
Amt, sowie der Geschlechtsvorstand gestorben, oder über einen
Monat an der Ausübung seines Berufs gehindert ist. Er leitet die
Wahl des Nachfolgers und die etwa nöthig werdende eines Stell-
vertreters desselben.

8

Jedes mündige Mitglied des Geschlechts verbindet sich, dem Geschlechtshaupte zur Beschaffung des im dritten Paragraphen genannten Geschlechtsvermögens jährlich fünf vom Hundert seiner Roh-Einnahme kostenfrei zu übersenden. Diese Sendung darf und muß von dem zum Empfange Berechtigten eingeklagt werden, wenn sie nicht spätestens acht Tage nach der Fälligkeit eingegangen ist: die Kosten der Klage in ihrem ganzen Umfange trägt der Beklagte. Sollte es unmöglich sein die Zahlung zu leisten, so ist rechtzeitig Anzeige zu erstatten, und, wenn dies verlangt wird, Bürgschaft zu stellen.

9

Das Vermögen der ohne Kinder sterbenden Mitglieder eines Geschlechts gehört dem Geschlechte, das den Besitz sofort nach dem Tode antritt, aber einer etwa vorhandenen Witwe die Rente des Vermögens so lange zahlt, als dieselbe nicht eine neue Ehe eingegangen sein wird. Legate für treue Dienstboten sind auch kinderlosen Adligen verstattet, doch dürfen dieselben nur in Renten, nicht in Kapitalien bestehn, und nicht mehr als ein Viertel der Gesammtrente des Nachlasses in Anspruch nehmen. Der Geschlechtsvorstand trägt als Selbstschuldner die Verpflichtung, die legierte Rente von dem Augenblicke an zu zahlen, in welchem das Kapital, von dem die Rente fließt, rechtlich in den Besitz des Geschlechts übergegangen ist.

10

Sollte der gesammte Adel einer Provinz für die Versorgung seiner armen und kranken Angehörigen Anstalten gründen, so würden die einzelnen Geschlechter von der Verpflichtung des dritten Abschnittes des dritten Paragraphen entbunden, und nur gehalten sein, die zur Einrichtung und Wirksammachung jener Anstalten auf sie entfallenden Beiträge zu zahlen.

11

Um seine Anerkennung der Zwecke des Adels auszudrücken, übernimmt der Staat die Verpflichtung, durch ein von ihm einzusetzendes, zu besetzendes und zu unterhaltendes Heroldsamt einen Mittelpunkt für den Adel der Monarchie zu schaffen.

Das Heroldsamt führt Listen über alle adligen Geschlechter der Monarchie, die Glieder dieser Geschlechter, deren Vorstände und Rechtshandlungen.

Durch sein Zeugnis, daß die Wahl eines Geschlechtsvorstandes gültig vorgenommen sei, wird der Gewählte für sein Amt legitimiert.

Das Heroldsamt erhält von den Gerichten des Landes dienstlich Mittheilung über sämmtliche gegen Adlige verhängte Strafen, und ist verpflichtet, den betheiligten Geschlechtsvorständen Abschrift dieser Mittheilungen zu machen, und deren Anzeige über das innerhalb des Geschlechts gegen die Bestraften weiter beliebte Verfahren entgegenzunehmen und zu buchen.

Das Heroldsamt verfügt im Namen des Königs, wenn eine Ausstoßung aus dem Adel statt gefunden hat, daß der Ausgestoßene seinen Familiennamen abzulegen, und für das bürgerliche Leben nur eine Zahl als Namen zu tragen, oder aber die Monarchie und die mit ihr durch unkündbare Verträge verknüpften Staaten unter einem andern als seinem Familiennamen für immer zu verlassen hat.

12

Der König wird den Ehrengerichten des Offizierstandes befehlen, einem vom Ehrengerichte eines adligen Geschlechts gestellten Ansuchen auf Aburtheilung eines bei jenem anhängigen Ehrenprocesses nachzugeben. Für ein Ehrengericht über Adlige ist alsdann dasjenige Regiment zuständig, in dessen Aushebungsbezirke das klagende Haupt des adligen Geschlechts wohnt.

Berufung gegen den Spruch eines solchen Ehrengerichts ist unzulässig. Der Spruch muß, um Rechtskraft zu beschreiten, vom Könige bestätigt sein.

13

Diejenigen Familien, welche vor Erlassung des gegenwärtigen Gesetzes den Freiherrn-, Grafen- und Fürstentitel geführt haben, sind gehalten, die den Gliedern ihrer Familien beizulegenden Adelspraedicate nach den Grundsätzen zu bestimmen, welche in dem englischen Peerage heut zu Tage gültig sind.

14

Nicht zur christlichen Kirche gehörige, oder selbst oder in ihren sechs nächsten Vorfahren ihr nicht angehörig gewesene, also der deutschen Nation fremde Personen dürfen, wenn sie in den im Sinne des bisher gültigen Rechts verstandenen Adel bereits vor Erlaß des gegenwärtigen Gesetzes aufgenommen worden sind, sich weiter als adlig ansehen, sind aber in den Matrikeln des Heroldsamts nicht zu führen. Das einzige Adelspraedicat, das ihnen verstattet wird, ist das eines Barons, indem der Titel Freiherr lediglich wirklichen Deutschen vorbehalten bleibt.

15

Da es nicht zulässig scheint, den von Alters her mit dem Wörtchen Von ihre Zugehörigkeit zur Gentry anzeigenden Familien den Gebrauch dieses Wörtchens zu untersagen, der durch gegenwärtiges Gesetz gegründete Adel aber eines anerkannten Zeichens seines Standes nicht entrathen kann und darf, wird verordnet, daß alle dem neuen Adel angehörige Personen gleichfalls jenes Wörtchen ihrem Geschlechtsnamen hinzuzusetzen haben.

Da aber Geschlechtsnamen, welche nicht von einem Orte hergenommen sind, für nachdenkende Leute dieses Von nicht vertragen, sollen alle diejenigen Adligen, welche einen zu einem Von nicht stimmenden Geschlechtsnamen führen, gehalten sein, diesen mit einem Ortsnamen zu vertauschen, oder aber ihm einen Ortsnamen hinzuzufügen, den ihnen das Heroldsamt, welches alle zum Erweise der Continuität der Familien nöthigen Urkunden aufbewahren wird, aus den Namen ausgestorbener Geschlechter und eingegangener Ortschaften dem Gebrauche der alten deutschen Sprache gemäß auswählen wird. Es ist verstattet, einen Ortsnamen, welcher von irgend einer Stammmutter des umzunennenden Geschlechts rechtmäßig geführt worden ist, auf die von der Stammmutter abstammenden Familien zu übertragen, wenn der Name der Stammmutter nicht mehr als selbstständiger Geschlechtsname umläuft.

In dem im Warschauer Frieden von Russland an Preußen abzutretenden und ohne Einwohner zu überweisenden Landstriche zwischen der Ostsee und dem schwarzen Meere werden die vom Heroldsamte vertheilten Namen den dort neu zu gründenden oder vorgefundenen Dörfern und Städten beigelegt, und es wird den Adligen Gelegenheit gegeben werden, in den Ortschaften, deren Namen sie führen, fideicommissarisch zu befestigendes Grundeigenthum zu erwerben.

Diesen Paragraphen füge ich nur die dringende Bitte hinzu, sie auf das Ernsthafteste zu überlegen. Ich habe vor fünf Jahren der Regierung vorgeworfen, daß sie, nicht in der Theorie, aber in der Praxis, von nichts weiter entfernt sei, als von der Anerkennung ethischer Kräfte: ich muß diesen Vorwurf auch heute noch aufrecht erhalten. Alles was die letzten neun Jahre Deutschland gebracht haben, auch das scheinbar von idealen Gesichtspunkten aus unternommene, wie die Gerichtsorganisation, zielte lediglich darauf ab, unsre Macht nach außen zu erhöhen: nicht mit einem Gedanken ist erwogen worden, daß wie der Mensch, so auch die Nation eine Seele hat, und daß am letzten Ende diese Seele bei Individuen wie bei Nationen das allein werthvolle ist. Um jener inhaltlosen Macht willen hat Deutschland Alles seiner Rüstung und einer von Fall zu Fall aus taktischen Erwägungen entspringenden und darum unstät springenden Politik aufopfern müssen, um dieser inhaltlosen Macht willen ist es — die deutsche Psyche beschäftigt sich gerade jetzt in deutschem Ungeschick mit diesem Punkte — der jüdischen Geldwirthschaft ausgeantwortet worden, welche allein im Stande schien, etwaige Finanzbedürfnisse des armen Reichs bei vorkommender Gelegenheit sofort zu decken: die Folge dieser Geldwirthschaft aber ist, daß das Börsenspiel sich in einer Weise ausgedehnt hat, welche immer dann zur Sprache kommt, wann ein Unglück nicht mehr gut zu machen ist: die Makler wissen, daß bis zu den Eisenbahnschaffnern hinab die bekannten großen Raubfirmen ihre Kunden haben. Möchte die Regierung endlich einsehen, daß wir allerdings Macht und Geld für wünschenswerth erachten, aber doch nur als Mittel zu dem Zwecke, ungehemmt von fremder Einrede, und von Nahrungssorgen unbeirrt, unser eigenstes Selbst rein herausarbeiten zu können: möchte die Regierung einsehen, daß wir nicht uns der Ausbeutung durch Fremde ausliefernde Gesetze, nicht Redereien in Land- und Reichstagen, sondern Institutionen brauchen, aber nicht Institutionen, welche hemmen, sondern Institutionen, welche entfalten, und zwar die eigne Natur der Deutschen entfalten, welche binden, und zwar wirkliches Leben binden wie der Faden den Blumenkranz: möchte sie sich gegenwärtig halten, daß die Deutschen keine Nation der Initiative sind, daß sie mit der treusten Sorgfalt fertig machen, was ihnen angefangen wird, daß es ihnen aber allemal von einem Höheren angefangen werden muß, und daß ihre Staatsmänner die Anfangenden zu sein die Pflicht haben: möchte die Regierung erkennen, daß es die allerhöchste Zeit ist, etwas zu thun, wenn Deutschland nicht zu Grunde gehn soll. Alle geistigen Kräfte möge man entfesseln, alles Scheinen zertreten, jede Organisation idealen Strebens gestatten und befördern: es müßte, wenn es geschehen wäre, eine Lust zu leben sein, während es jetzt eine Strafe ist, das Absterben der Nation mit anzusehen.

Das deutsche Volk wird Parlament, Landtag, Liberalismus, Fortschritt und ein Paar Hände Krönchen mit Freuden fahren lassen, wenn ihm die Gewißheit wird, daß ihm endlich einmal sein Kleid auf den Leib zugeschnitten werden soll. Alle Germanen sind nicht trotzdem, sondern weil sie Freunde der Freiheit sind, Aristokraten im besten Sinne dieses Worts — Freiheit und Demokratie oder Liberalismus passen zu einander wie Feuer und Wasser —: sie sind, nicht trotzdem, sondern weil sie gerne wandern, die begeistertsten Anhänger des Hauses und der Heimat: sie sind, nicht trotzdem, sondern weil sie träumen, durstig nach Thaten: versuche man einmal auf diese Eigenschaften des deutschen Volks als Staatsmann einen Reim zu machen: der Erfolg wird überraschend sein. In der Kirche keine Dogmatik, sondern Anbetung, Trost, Ermahnung: im Staate keine Politik, sondern selbstloser Dienst des Ethos, das heißt, die volle Durchführung des Grundsatzes, daß der Staat zur Nation in demselben Verhältnisse steht, in welchem die Hausfrau sich zum Hausherrn befindet, daß Er alle Aeußerlichkeiten zu besorgen hat, damit die Nation das wirklich Wesentliche des Lebens mit ungetheilter Aufmerksamkeit ins Auge fassen und in die Hand nehmen könne: in der Regierung keine Diplomatie und keine Treue gegen verbriefte Misbräuche, sondern ganzes Werk, welches auf Einmal aufräumt, und das Volk vor einen neuen Anfang stellt. Die Nationen leben von der Arbeit, und das ist keine Arbeit, was Wir jetzt thun, es ist Spielerei, ohne Ernst, ohne Zweck, ohne Nutzen. Männer sind wir, und Männer sollen wir sein: meint ihr in der That, es passe uns, wie Kinder mit den Fröbelschen Flechtarbeiten einer tendenziösen Wissenschaft, einer künstlichen und von Almosen lebenden Kunst, eines redseligen und charakterlosen Parlamentarismus, mit Börsengeschäftchen und einer in fortwährendem Sterben liegenden Industrie, mit einem Haufen haltloser Meinereien über Religion, Philosophie, Musik — und was weiß ich noch — abgefunden zu werden? Lieber Holz hacken, als dies nichtswürdige civilisierte und gebildete Leben weiter leben: zu den Quellen müssen wir zurück, hoch hinauf in das einsame Gebirg, wo wir nicht Erben sind, sondern Ahnen.

Die Finanzpolitik Deutschlands.

Es ist nicht wohl gethan, Sätze der Politik anders als auf dem Grunde ganz concreter Anschauungen aufzustellen. Es gibt keine reine oder abstracte Politik.

Es wäre sehr erwünscht, wenn ein Kenner des Mittelalters nachweisen wollte, welches die Geschichte des Wortes Staat gewesen ist. Dasselbe scheint aus den Institutionen Iustinians I 1, 4 oder der entsprechenden Stelle des Digestum zu stammen, keinesfalls aber frühzeitig in dem modernen Sinne verwandt worden zu sein. Ich finde status in Flandern schon im dreizehnten Jahrhunderte für unser Stand: durch das französische les états généraux und das niederländische de staaten general — beide Ausdrücke bezeichnen die zu Einer Körperschaft vereinigten Stände der Provinzen — ist dieser Gebrauch des Wortes erhalten worden, während segretario di stato und secretary of state doch wohl auf jenen Satz Ulpians zurückgehn, in welchem status rei romanae, die Aufrechterhaltung der politischen Ordnung der Dinge, dem Nutzen der Einzelnen gegenübersteht. Die deutschen Staatsrechtslehrer reden nach dem Vorgange des holländischen Hugo Grotius nur von der civitas, wo wir vom Staate sprechen: was sie his auf Kant herab als Definition des Staates geben — nach Kant wird construiert — ist, soweit ich es kenne, so kläglich wie die definierte Sache damals war.

Das Wort Staat, dessen man sich im Deutschen und in den romanischen Sprachen bedient, bezeichnet vermuthlich nichts als den gegebenen Zustand der Dinge, und zwar im Gegensatze zum Egoismus der Individuen: es ist in Deutschland und den romanischen Ländern sicher so wenig zufällig in Gebrauch gekommen, wie das Wort res publica in Rom, das Wort polis in Griechenland, die Wörter realm oder umpire in England.

Wer von einem Staate redet, gibt durch das bloße Wort schon zu, daß er von einem irrationalen spricht: denn alle nur thatsächlichen Zustände sind irrational, das heißt hier: vernunftwidrig.

Es wird sich empfehlen, den Staat — den thatsächlich bestehenden Zustand —, der das ungerne ertragene Ergebnis einer oft recht unglücklichen Geschichte ist, in eine res publica, oder, wenn dieser Ausdruck verdächtig klingen sollte, in einen der gottgewollten Idee der von ihm bedienten Nation entsprechenden, mit der Nation wie eine Haut wachsenden und sich ändernden Zustand überzuführen.

Diese Forderung bringt die Einsicht mit sich, daß der deutsche im Sinne der res publica gefaßte Staat nicht eher fertig sein wird als die deutsche Nation: daß zur Zeit von einem deutschen Staate noch nicht die Rede sein kann, da es, weil ein deutsches Ideal noch fehlt, eine deutsche Nation noch nicht gibt: daß die staatbildende Kraft der Deutschen in dem Maße wachsen wird, in welchem sie sich dem Ideale in dessen richtiger Gestalt zuwenden.

Die Anschauung der Wirklichkeit bestätigt diesen Satz. Wir haben keinen deutschen Staat, nur deutsche Staaten. Wir haben keinen deutschen Staat, sondern ein deutsches Reich. Wir sehen an der Spitze unsres Gemeinwesens nicht einen Minister, sondern einen Kanzler. Wir erfreuen uns eines Kaisers, für welchen in einem Drittel des Reiches an den Altären nicht gebetet werden darf, einer Kokarde, welche im deutschen Heere verboten ist, einer Fahne, welche amtlich nur auf der Flotte und von einem Theile der Post geführt, und — so unbekannt ist sie — von nicht wenigen Deutschen, ohne daß sie Meuterei melden wollen, bei feierlichen Gelegenheiten auf den Kopf gestellt gezeigt wird.

Thatsächlichen Zuständen gegenüber wird es stets geboten sein von Idealen zu reden, eben darum, weil jene Zustände nicht ideal sind: es hat in Betreff der thatsächlichen Zustände, welche uns jetzt beschäftigen, jeder sein Vaterland liebende und nicht geradezu unfähige Mann nicht allein das Recht, sondern die Pflicht, den deutschen Staat ganz oder in irgend einem seiner Theile zu zeichnen, weil nur durch solche Entwürfe und den Beifall, welchen sie fänden, beziehungsweise die Abneigung, welche sich ihnen entgegenstellte, klar werden kann, wohin die tiefsten Wünsche der vielleicht werdenden deutschen Psyche sich richten.

Das Concrete, von welchem die deutsche Politik auszugehn hat, ist das UnIdeale. Darum muß in Deutschland der wahrhaft reale Politiker Idealist sein.

Es soll auf den folgenden Blättern der Versuch gemacht werden, das Ideal der deutschen Besteuerung zu entwerfen.

Ich habe bereits vor Jahren die Erklärung abgegeben, Staat sei für mich die Anstalt, welche das Allen Nothwendige oder vielleicht schon das Allen Wünschenswürdige, wann es von Einzelnen oder einer Gruppe Einzelner nicht zu beschaffen ist, mit den Mitteln Aller zu Stande bringe.

Daraus ergibt sich, daß das nicht Allen Nothwendige und das nicht Allen Wünschenswerthe gar nicht Gegenstand einer Thätigkeit des Staates sein darf.

Da nun aber eine Fülle von Gemeinschaften gedacht werden kann, welche ihren Mitgliedern am Herzen liegende Bedürfnisse oder Wünsche befriedigen wollen, ohne daß diese Bedürfnisse oder Wünsche irgend wen, der außer ihrem Rahmen stünde, in Bewegung setzen — es ist zum Beispiel dem nicht in Genthin wohnenden Preußen gleichgültig, ob Genthin gepflastert und durch Gas beleuchtet ist oder nicht —, so folgt, daß neben den Staatssteuern auch Steuern an kleinere Verbindungen zu zahlen sein werden, welche für besondere Zwecke thätig sind.

Sind solche Verbindungen geographisch faßbar, so erhalten sie die Namen Provinz und Gemeinde. Da niemand unmittelbar im Vaterlande, sondern stets in einer Gemeinde und in einer Provinz wohnt, kann sich niemand den Anforderungen entziehen, welche Gemeinde und Provinz zur Erreichung der ihnen eigenthümlichen Ziele an seine Steuerkraft stellen. Daraus folgt, daß die Staatssteuern so eingerichtet sein müssen, daß neben ihnen noch Steuern für Gemeinde und Provinz möglich bleiben, da unbedingt jeder an die Gemeinde und die Landschaft zu steuern haben wird.

Hier ergibt sich nun die erste erhebliche Schwierigkeit. Deutschland hat in Folge seiner politischen Verfassung für die meisten Deutschen eine Instanz zu viel, neben der Gemeinde, der Provinz und dem zur Zeit Reich genannten Staate das was man jetzt als Staat kennt, und was man wird beseitigen müssen, wenn die deutsche Finanzwirthschaft gedeihen soll.

Es braucht hier nicht die Rede davon zu sein, ob die im Staate bestehenden Staaten irgend welchen Nutzen schaffen: es genügt auszusprechen, daß sie eine sachgemäße Ordnung des Steuerwesens unmöglich machen.

Man hatte im Großherzogthume Hessen bis 1866 ein stark mit Beamten besetztes Kriegsministerium, welches eine erhebliche Summe Geldes kostete. Nach 1866 genügte ein einziger preußischer Intendanturrath, die Geschäfte dieses Kriegsministeriums zu erledigen.

Man hatte vor 1866, beziehungsweise vor 1871, eine Reihe die deutschen Staaten bei einander oder im Auslande vertretender Gesandten. Niemand als die Familien dieser Excellenzen wird bedauern, daß diese Gesandtschaften eingegangen sind, niemand als persönlich Betheiligte wünschen, daß die leider hier und da noch vorhandenen Reste des alten Zustandes länger geduldet werden.

Einiges andere hier zu sagende ersuche ich den Leser sich selbst zu sagen.

Dabei ist nicht nöthig an dem zu rütteln, was man Dynastien zu nennen beliebt: es wäre sogar im höchsten Maße unerwünscht, wenn diese Dynastien — wozu nicht geringe Aussicht ist — ausstürben. Nur muß damit Ernst gemacht werden, diese Dynastien in Provinzen zu verweisen, ihre Träger als Stellvertreter des Kaisers ebenso Stammherzogthümern vorzusetzen, wie die Oberpraesidenten als Stellvertreter des Staats an der Spitze der vernünftiger Weise mit den Stammherzogthümern sich deckenden Provinzen stehn.

Erst nach Erledigung dieses Geschäfts, nach Beseitigung der deutschen Staaten durch den deutschen Staat, wird es möglich sein, die Steuern vernunftgemäß aufzulegen.

Besitzt der Staat Vermögen, so ist durch Steuern nur die

Summe aufzubringen, welche seinem Haushalte durch die Rente jenes Vermögens nicht gedeckt wird. Besitzt er kein Vermögen, so fällt den Steuern die Aufgabe zu, die ganze für die Wirthschaft des Staates erforderliche Summe zu beschaffen.

Da niemand gerne Steuern zahlt, und es jedenfalls Unrecht ist, mehr Steuern zu verlangen als Noth thut, und Unrecht, sie in einer unangenehmen Art zu verlangen, so ergibt sich für den Staat, daß er sein Vermögen fortwährend so viel wie möglich vermehren muß, um der Steuern thunlichst entrathen zu können: daß er die Steuern in der am wenigsten drückenden Form zu erheben hat: daß er sinnen wird, das Wiederkehren der Ausgaben auf das geringste Maß zu beschränken.

Die Theorie gibt die zweite dieser Forderungen zu, ohne daß die Praxis sich viel um die Theorie kümmerte: die erste Forderung wird gänzlich mißachtet, die dritte nimmt niemand ernst als allenfalls zum Scheine in Hunger- und Ueberschwemmungsjahren.

Das Vermögen der deutschen Staaten ist in erster Linie aus dem Eigenthume der sie beherrschenden Fürsten hervorgegangen. Das Domanium ist meines Wissens zuerst von den brandenburger Hohenzollern gegen eine jährliche Rente dem Staate ausdrücklich abgetreten worden: man erinnert sich der Kämpfe, welche hier und da fürstliche Gemeinheit mit den Ständen um dasselbe noch neuerdings geführt hat. Soferne der Fürst zu persönlichen Leistungen verpflichtet war, konnte er beanspruchen, die Mittel zu diesen Leistungen zu erhalten: fielen diese Leistungen fort, so hatte es keinen Sinn mehr, ihm die Mittel für die Leistungen zu belassen, so wenig die Steuerfreiheit des Adels noch Sinn hatte, nachdem der Adel aufgehört, der im Kriege ausschließlich dienende Stand zu sein. Wer im Principe an das Domanium rühren will, möge sich erinnern, daß der englische Adel, die englische Kirche und die englischen Universitäten nur darum lebensfähig sind, weil sie altbefestigten Grundbesitz in Händen haben, dessen Werth langsam, aber stetig steigt: sichert doch überdies dessen Verpachtung ihnen die Herzen aller derer, welche durch die Bewirthschaftung dieses Grundbesitzes eine bequeme und geachtete Stellung im Leben einnehmen.

In zweiter Linie besteht das Vermögen der deutschen Staaten aus den Gütern der Kirche, welche als Bezahlung für die Einführung der Reformation von den das lautere Wort Gottes liebenden Fürsten des sechszehnten Jahrhunderts eingezogen, und über diese Fürsten an den Staat gelangt sind.

Forsten und Bergwerke des Staates liegen meist auf dem Boden des Domaniums oder des Kirchenguts, so daß sie in diesem Zusammenhange nicht besonders besprochen zu werden brauchen.

Zu diesem Vermögen treten nach der allgemeinen Ansicht die Regalien, über welche ich mich enthalten kann Näheres beizubringen, treten die Steuern und Zölle.

Jeder Angehörige eines Staates genießt in Folge seiner Ange-

börigkeit eine Reibe von Vortheilen und Rechten. Der Arme thut
dies in nicht wesentlich geringerem Grade als der Wohlhabende
und Reiche: ich erwarte, daß wer mich liest, deutsch verstehe,
und im Stande sei, sich über das Wort wesentlich Rechenschaft abzulegen.

Wer genießt, hat die Kosten des Genusses zu zahlen, es wäre
denn, daß man ihn als Gast oder als Bettler ansähe. Wer die aus
der Angehörigkeit an einen bestimmten Staat entfließenden Vortheile und Rechte genießt, hat — er sei arm oder wohlhabend oder
reich — zu den Kosten der Staatsverwaltung beizutragen, es wäre
denn, daß er für einen Schmarotzer oder einen Almosenempfänger
zu gelten Lust spürte.

Sogenannte Arme nicht irgendwie zu den Steuern heranzuziehen heißt sie für Lumpen erklären. Wer einen Armen für
einen Lumpen erklärt, darf sich nicht wundern, wenn er einen
Lumpen findet.

Es ist eine ganz allgemein verkannte Wahrheit, daß Wehrpflicht
und Steuerpflicht Wechselbegriffe sind. Was jene dem Vaterlande,
ist diese dem Staate gegenüber. Wer für das Vaterland die Waffen
tragen darf, muß auch für den Staat im Bereiche seiner Kraft
Steuern zahlen.

Der wirklich Gebildete hat an seinem Vaterlande mehr als
derjenige, der sich nie Rechenschaft darüber zu geben vermag,
weshalb sein Vaterland der Liebe und der Opfer werth ist. Wer
Bach, Mozart, Beethoven, Erwin, Holbein, Goethe, Grimm verstehn
kann, liebt Deutschland anders als wer in Deutschland nur den ihm
gewohnten und darum bequemen Schauplatz seines Alltagslebens er-
blickt. Nichts desto weniger wird, wenn es gilt den Feind von
den Grenzen abzuschlagen, von jenem nicht mehr verlangt als von
diesem.

Daß ein Arzt, ein Techniker, ein Künstler, welcher im Kriege
bleibt, für sein Volk ein schwererer Verlust ist, als der nur mit
der Kraft seiner Sehnen ohne kostbare Vorbildung und ohne för-
dernde Ergebnisse seiner Thätigkeit auf der Scholle arbeitende Ta-
gelöhner, das ist eine namentlich nach dem letzten Kriege mit Recht
oft gehörte Behauptung. Daß umgekehrt der Dienst als einjährig
Freiwilliger eine sehr starke Belastung weitaus der meisten Familien
ist, aus denen die einjährig Freiwilligen hervorgehn, eine Belastung,
welche mit der Belastung der übrigen Familien nicht den Vergleich
aushält, das weiß jeder, der sogar gut besoldete Beamte, der Gutsbesitzer und Kaufleute ihre Söhne mit den schwarzweißen Schnüren
hat schmücken sehen. Das Vaterland nimmt gleichwohl auf diese
Unterschiede keine Rücksicht. Soldat ist ihm Soldat, Leben Leben.

Der Reiche trägt einen Abzug von seiner Einnahme — ein
solcher ist jede Steuer — leichter als der Arme. Nichtsdestowe-
niger kann der Staat im einzelnen Falle auf leichtere oder schwerere
Erträglichkeit seiner Steuern nicht Rücksicht nehmen, so wenig wie

das Vaterland darauf rücksichtigt, ob durch einen Krieg die letzten Sprossen einer alten Familie, ob alle Freude eines Elternpaars hinweggerafft wird. Der Staat kann dies schon darum nicht, weil alle individuellen Verhältnisse ihm unbekannt bleiben: er selbst ist unpersönlich, und hat für Personen kein Verständnis. Erkennt dies doch auch das Herkommen an, indem es alle Würdigung persönlicher Leistung wie Titel, Orden, Standeserhöhungen nicht von den Ministern, sondern von der Krone ausgehn läßt. Eine Einnahme von 6000 Mark ist für den Einen nach Lage der Dinge sehr viel, für den andern sehr wenig, ohne daß der Staat jemals erfahren wird, wie viel und wie wenig sie ist.

Der wahre Werth eines Vermögens (das heißt, einer Rente) und eines Diensteinkommens gehört ebenso zu den Imponderabilien, wie der wahre Werth einer Bildung zu ihnen gehört. Darum schätzt der Staat die Mark überall gleich hoch, welche seinen Auslagen dienen hilft, wie das Vaterland die Arme gleich hoch schätzt, welche zu seiner Vertheidigung die Büchse führen oder den Säbel schwingen.

Ich bin also aus Gründen, welche auf dem Gebiete des Ethos liegen, ein Gegner der Forderung, die unbemittelten Klassen der Gesellschaft von Steuern ganz zu entlasten. Diese Klassen entlasten hieße außerdem, die weniger unbemittelten belasten. Man darf als Staatsmann nicht dem Crispin nachthun, der den Reichen das Leder stahl, um den Armen Schuhe zu machen.

Man durfte und mußte die ärmeren Klassen von den direkten Steuern entbinden, da diese aus den untersten Schichten der Bevölkerung nur geringe und noch dazu schwer einzutreibende Beträge liefern.

Unzulässig aber ist es, die indirekten Steuern nicht überallher zu nehmen. Indirekt wird bekanntlich der Verzehr und der Genuß besteuert. Verzehr und Genuß liegen oft so dicht bei einander, daß eine Scheidung der beiden in recht vielen Fällen fast unmöglich ist. Man wird gut thun, denjenigen Genuß, welcher dicht an den Verzehr grenzt, mehr als Nahrungsmittel, denn als Luxus zu betrachten. Man wird weiter gut thun, die Steuer auf Nahrungsmittel niedrig anzusetzen: hier muß es die Menge bringen. Man muß drittens alle Belästigung des Verkehrs thunlichst vermeiden.

Brot, Fleisch, Salz, Bier, Branntwein, Zucker bieten sich als die Gegenstände dar, welche durch die Verzehrungssteuer zu treffen sind. Wer Weinbau treibende Gegenden kennt, weiß, wie unsicher der Ertrag der Weingärten ist, und wird daher die meines Erachtens lediglich als von Jahr zu Jahr je nach dem Herbste neu zu veranlagende Weinsteuer sich nur als Grundsteuer, nicht als Verzehrungssteuer denken mögen: der ausländische Wein wird ja durch den Zoll an den Eingangsorten in beliebiger Höhe getroffen.

Der Taback ist hier nicht genannt worden. Ich kann nur

widerrathen, ihn als eine der Säulen des Steuersystems zu verwenden : er kann nur für das Extraordinarium dienen, beziehungsweise werden die Erträge der Tabackssteuer zu kapitalisieren und für außergewöhnliche Bedürfnisse zu hinterlegen sein. Der Grund für diese Anschauung ist der, daß jede Erweckung geistigen, geschweige denn religiösen Lebens, daß jede Aufbesserung der Ernährung des Volkes den Tabacksgenuß zurückdrängen, also die aus ihm zu beziehenden Summen schmälern wird, und wir vorläufig doch die Hoffnung nicht aufgeben wollen, daß Deutschland die Periode geistiger und leiblicher Armseligkeit überwinden werde, in welcher es sich jetzt befindet. Jeder Genuß, der den Menschen zu seinem Sclaven macht, ist Sünde: niemand wird leugnen, daß durch den Taback in weitaus den meisten Fällen die ihn genießenden zu willenlosen Knechten des Nicotindusels werden. Der Taback ist schmutzig: niemand wird leugnen, daß wirkliche Bildung und Reinlichkeit Hand in Hand gehn. Der Taback kostet Deutschland im Jahre etwa ebensoviel wie die Unterhaltung seines Heeres: die Zahlen, welche ich in meinen deutschen Schriften über den Tabacksverbrauch gegeben, sind, obwohl auf den Mittheilungen des statistischen Amtes beruhend, nicht genau. Nach den neuerdings im Auftrage des Reichstags angestellten Untersuchungen genießt das deutsche Reich im Jahre 4,982046 tausend Cigarren, 751614 Centner Rauchtaback, 126247 Centner Schnupftaback, 50000 Centner Kautaback im Werthe von rund 300 Millionen Mark : die Zahlen sind der Nationalzeitung vom 21 Januar 1879 entnommen. Wen sie nicht schamroth machen, den bitte ich mein Buch aus der Hand zu legen: für ihn schreibe ich nicht. Der Tabacksgenuß ist ein Mittel den Hunger zu beschwichtigen, ein Mittel sich über die eigne Gedankenlosigkeit durch den Schein einer Thätigkeit, und über das Unglück des Vaterlandes durch eine Narkotisierung des Empfindens hinwegzuhelfen. In dem Maße, in welchem Deutschland in die Höhe kommt und sich auf seine wahre Natur besinnt, muß und wird es mit der Geltung des Karaibenkrautes in ihm hergab gehn, und darum darf dasselbe als Eckpfeiler des deutschen Staatshaushaltes nicht angesehen werden.

Salz, Bier, Zucker, Spiritus lassen sich leicht besteuern, wenn man sie an den Stätten aufsucht, wo sie gewonnen werden, in den Bergwerken und Kothen, in den Brauereien, Brennereien und Siedehäusern.

Man wird das ihnen gegenüber geltende Verfahren ohne Mühe auch auf Mehl, Brot und Fleisch anwenden können. Das Mehl und Brot muß man in den Mühlen, nicht an den Thoren der Städte treffen, das Fleisch in den Schlachthäusern, welche ja aus Rücksichten der Gesundheitspflege jetzt überall gefordert werden, und durch ein Gesetz in allen Gemeinden von mehr als dreihundert Seelen erzwungen werden sollten. Stehn die Schlachthäuser selbstverständlich unter der Aufsicht der Obrigkeit, so läßt sich auch die Schlachtsteuer ohne Weiterungen einheben. Gemeinden unter

300 Seelen und einzelne Höfe mögen von ihr befreit bleiben: ebenso wie die Steuer nur auf die größeren Hausthiere, nicht auf Geflügel und das so wie so mehr und mehr aussterbende Wild fällt.

Ich vermag den Ingrimm der Wortführer unsres politischen Lebens gegen eine Besteuerung der Nahrungsmittel nicht zu theilen, zumal sie Bier und Zucker zu belasten durchaus in der Ordnung finden, und diese beiden Gegenstände doch mindestens nicht weit davon entfernt sind, Nahrungsmittel zu sein.

Die ethische Seite der Sache habe ich oben schon beleuchtet.

Die indirekten Steuern können nirgend anders hingelegt werden als auf Gegenstände allgemeinsten Verbrauchs. Als solche bieten sich aber nur die Lebens- und die gebräuchlichsten Genußmittel.

Diese Steuer verlangt sehr geringe Erhebungskosten, sowie sie auf die von mir vorgeschlagene Art auch für Fleisch, Mehl und Brot, nicht bloß für Zucker, Bier und Spiritus eingezogen wird.

Sie läßt keine Rückstände, da man sie im Verkehre abstößt.

Sie ist mit keiner Belästigung der Steuerzahler verbunden, da nachdem sie an der Erzeugungsstelle der zu versteuernden Gegenstände abgemacht ist, die Gegenstände vollständig frei verkehren dürfen.

Sie wird nicht gefühlt, da unzweifelhaft zwölf Mark in 365 Raten von Bruchtheilen eines Pfennigs bezahlt den Zahlenden, und wäre er noch so arm, weniger drücken als zwölf Mark in vier Raten.

Für alle Dienenden und für die bei dem Arbeitgeber in Kost stehenden Arbeiter zahlt sie der Herr, beziehungsweise der Guts- oder Fabrikbesitzer.

Der sich selbst verköstigende Arbeiter kann sie stets tragen. Nehme ich an, daß von hundert Pfund Hafer-, Gersten-, und Roggenmehl eine, von hundert Pfund Waizenmehl zwei Mark zu entrichten ist, so entfällt auf ein fünfpfündiges Roggen-Brot — dessen Gewicht mit dem Mehlgewichte als gleich angenommen — die Summe von fünf Pfennigen, auf das Pfund ein Pfennig. Dieser Pfennig Steuer für ein Pfund würde noch nicht voll in Anspruch genommen, wenn der Arbeiter sich entschlöße, statt des unschmackhaften und weniger nährenden Graubrots Schrotbrot zu essen. Auf den Kopf, angenommen ein jeder Deutsche verzehre am Tage ein Pfund Brot — die Kinder und Kranken eingerechnet —, entfiele an Mahlsteuer im Jahre ein Betrag von 365 Pfennigen oder von 3 Mark 65 Pfennigen. Träten zum Brote im Jahre 180 Pfund Fleisch und Speck hinzu, so würde, bei einem Satze von ebenfalls Einem Pfennig Steuer, alles was der sich selbst verköstigende Arbeiter im Jahre an den Staat entrichtete, 5 Mark 45 Pfennige sein.

Diese Steuer nicht erheben heißt nichts anderes als den Schlächtern und Bäckern ein Geschenk machen. Wo die Schlacht- und Mahlsteuer aufgehoben worden, ist der Preis des Fleisches und Brotes nicht gesunken, es wäre denn vielleicht in ganz: großen Städten, wo Schlächter und Bäcker so nahe bei einander wohnen, daß es dem Käufer möglich ist, seinen Bedarf bei demjenigen Händler zu entnehmen, welcher am Pfunde Brot und Fleisch den ihm erlassenen Pfennig Steuer dem Kaufenden nachläßt. Nach allen mir zugänglich gewesenen Berechnungen verwendet ein Arbeiter sechs zehntel seines Einkommens auf seine Nahrung. Wer etwa eine Mark am Tage für Brot und Fleisch zu verthun im Stande ist, müßte rund 600 Mark im Jahre einnehmen. Eine Steuer von 5 Mark 45 Pfennigen oder 545 Pfennigen im Jahre wäre noch nicht ein Hundertstel seiner Einnahme. Die besitzenden Klassen zahlen, wo die Gemeinden nicht zu unvernünftig belasten, an Staats- und Gemeindesteuern zusammen zur Zeit sechs vom hundert oder nicht ganz ein sechszehntel ihres Einkommens.

Wäre die echt deutsche Sitte noch in Kraft, die Arbeiter durchgängig vom Arbeitgeber, die Lehrlinge und Gesellen vom Meister — nach Analogie also die unverheiratheten Glieder einer Fabrik in der Fabrik — verköstigen zu lassen, so würde die ganze Steuer von den Wohlhabenden bezahlt, also der liberalen Humanität vollauf Rechnung getragen werden, welche ja die nicht Besitzenden auf Kosten der Besitzenden zu entlasten wünscht. Es steht den Liberalen frei, wenn sie meinen, daß die besitzenden Klassen allein die Steuern aufzubringen haben, wenigstens, falls sie Fabrikbesitzer, Handwerksmeister und Kaufleute sind, die Angelegenheit in dem hier angedeuteten Sinne zu ordnen, um dadurch ihren Principien Genüge zu thun.

Der deutsche Staat würde, falls die obigen Ansätze als allgemein geltend angenommen würden, im Jahre etwa 200 Millionen Mark aus der Schlacht- und Mahlsteuer gewinnen. In Wirklichkeit würde sich die Einnahme höher stellen, da der Fleischverbrauch offenbar ein größerer ist, und was an Roggenmehl von den Wohlhabenden nicht verzehrt wird, durch die doppelt so hohe Waizenmehlsteuer einkommen würde, auch wenn ein kleineres Quantum Waizenmehl genossen würde, und da alle in Deutschland reisenden Ausländer die Schlacht- und Mahlsteuer ebenfalls tragen.

Danach haben wir als Hauptposten des Staatseinkommens die Zolleingänge zu verzeichnen. In erster Linie werden hier Lebensbedürfnisse belastet, welche nur das Ausland liefert, und welche daher an den Einfuhrstellen gleich in ihrer ganzen Masse getroffen werden, um danach in den völlig freien Verkehr überzutreten. Hauptsächlich handelt es sich um Colonialwaaren und um ausländische Weine, um Dinge, welche Deutschland gar nicht hervorbringen kann. Jeder sieht, daß die Zölle nichts als eine bestimmte Form der Verzehrungssteuern sind.

Der Staat kann natürlich alles über seine Grenzen eingehende Gut mit einem Zolle belegen: ob er es thut, hängt für die Finanzverwaltung einfach davon ab, ob der Zoll so hoch sein kann, daß es lohnt seinetwegen sich Erhebungskosten zu machen. Für die Politik eines Landes kann es aber wünschenswerth sein, das ein-

heimische Gewerbe durch einen Zoll zu schützen: es kann wünschenswerth sein, bestimmte Dinge im Inlande entstehn zu sehen,
um sie jeder Zeit, auch in dem die Zufuhr abschneidenden Kriegs-
falle, zur Hand zu haben. Dieser sogenannte Zoll ist in Wahrheit kein
Zoll, sondern eine Waffe: wenn man will, ein Schild. Was aus
ihm einkommt, sollte niemals in das Ordinarium des Staatshaushalts aufgenommen, sondern als einmalige Einnahme kapitalisiert,
oder für außerordentliche Ausgaben verwendet werden.

Schutzzölle sind eben keine Finanzzölle. Sie werden nur vorüber-
gehend auferlegt, bis dahin nämlich, wo ein Schutz des zu Schützenden
nicht mehr nöthig ist, und darum gehören sie nicht in das Ordinarium des Staatshaushalts. Sie haben übrigens nur einen Sinn, wenn
das Staatsgebiet so groß ist, daß in ihm allein die geschützte Industrie, das geschützte Gewerbe, Raum für lohnenden Absatz findet.
Russland und NordAmerica mögen Schutzzölle fordern, Deutschland, Oesterreich und Rumänien zusammen mögen es: das deutsche
Reich allein ist für jeden Schutzzoll zu klein, und der einzige Fall,
in welchem ihm ein Schutzzoll Ertrag gebracht und eine lebensfähige
Industrie hervorgerufen hat — ich rede vom Zolle für Rübenzucker
—, hat der Wechselfälle, Kämpfe und Schäden übergenug im Gefolge
gehabt, und hat noch jetzt den schweren Nachtheil, daß er den
Bauernstand der Zuckerrübengegenden allmälig vernichtet.

Für nachdenkende Leser ist ohne daß ich es sage klar, daß
Schutzzölle anders als aus politischen Gründen anordnen nichts weiter
heißt, als alle die geschützten Artikel brauchenden Angehörigen des
Staats zu Gunsten der sie Erzeugenden belasten. Schutzzoll ist,
wenn er nicht in der eben angeführten Weise aus politischen Erwägungen eingeführt wird, nichts als ein verkappter Diebstahl an
der Gesammtheit, verübt zu Gunsten Einiger, die der Gesammtheit
für ihre Bevorzugung keine nennenswerthe Gegenleistung bieten.

Ich wende mich jetzt zu der zweiten Klasse Einnahmen, welche
der Staat hat, den Gebühren. Gebühren nenne ich, was der Staat
von den Einzelnen als Entgelt für ihnen allein geleistete Dienste,
und was er in solcher Höhe fordert, daß er dabei zum Besten seiner Kasse, also zum Besten der Gesammtheit, einen Ueberschuß
erzielt.

Man redet von einem Postregale, und soferne niemand Posten
einrichten darf als der Staat, ist ja gewiß die Post ein Regal.
Allein das ist nur die juristische Seite der Sache. Vom finanziellen
Gesichtspunkte aus betrachtet, zahle ich für das mir von der Post
Geleistete eine Gebühr. Der Staat hat ein Interesse daran, seinen
Beamten wie seinen Briefschaften und Geldern schnelle und sichere Beförderung von einem Orte zum andern zu verschaffen:
darum hält er Posten. Dadurch daß er Privatleuten gestattet, für
ihre Personen oder für ihre Briefe und Päckereien seine Verkehrs-
anstalten zu benutzen, leistet er ihnen einen Dienst, für welchen
ein Entgelt gegeben werden muß.

Der Staat vermittelt, beglaubigt, leitet durch seine Beamten eine große Reihe von Privatinteressen. Er stellt Beamte an, deren Zeugnis er mit dem öffentlichen Glauben bekleidet: er setzt Richter ein, welche Processe entscheiden: er besoldet Lootsen, welche Schiffe durch gefährliche Gewässer führen: er baut Krankenhäuser, in welchen für alle Schäden des Leibes eine innerhalb der Grenzen menschlichen Könnens sichere Hülfe zu haben ist. Für solche Leistungen berechnet er Gebühren: wer Beglaubigung einer Urkunde, Entscheidung eines Rechtsstreits, Leitung eines Schiffes, Heilung von einer Krankheit nicht bedarf, der zahlt die entsprechende Gebühr nicht. Nun könnte ja auch ein achtbarer Privatmann eine Urkunde beglaubigen, auch ein Professor der Rechte einen Process entscheiden, ein Nicht-Lootse ein Schiff sicher in den Hafen bringen, ein nicht im Hospitale angesessener Arzt eine Krankheit heilen, aber indem der Staat das Suchen nach geeigneten Ausübern der gedachten Geschäfte seinen Angehörigen und reisenden Fremden erspart, erzeigt er ihnen einen solchen Dienst, daß er nicht allein für die Leistung ein Aequivalent, sondern auch für die Bereitstellung der Möglichkeit der Leistung eine Belohnung beanspruchen kann. Deshalb sind alle Gebühren mit Recht so bemessen, daß sie nicht allein den mit der Leistung Beauftragten ihr Gehalt, sondern auch dem Staate einen — ich möchte sagen Unternehmergewinn abwerfen, der zum Besten der Gesammtheit in die Staatskasse fließt. Der Staat läßt sich auf die genannten Unternehmungen und auf die ihnen ähnlichen ein, weil er weiß, daß der Einzelne nicht, oder doch selten, im Stande ist, durch eignes Urtheil zu entscheiden, wo er für die angedeuteten Hülfeleistungen gut bedient wird, und diese Hülfeleistungen doch sehr allgemein gebraucht werden.

Da der Staat im Besitze der Justizhoheit ist, das heißt, da alle Rechtshandlungen innerhalb seines Gebietes nur durch ihn oder mit seiner Billigung gültig sind und gültig sein können, ergibt sich, daß der Staat für die Erlaubnis in beschränkter Sphäre bindende Rechtshandlungen vorzunehmen eine Vergütung zu fordern berechtigt ist, ganz so wie ein Privatmann dafür, daß er sein Haus von einem andern bewohnen, sein Pferd von einem andern reiten, seinen Acker von einem andern bebauen läßt, einen Zins, eine Miethe, eine Vergütung verlangen darf, und in den meisten Fällen verlangen wird. Alle Akte der freiwilligen Gerichtsbarkeit kosten daher etwas: das was sie kosten, nennt man den Stempel, durch welchen die Organe des Staates in dessen Auftrage zu erkennen geben, daß sie die durch den Stempel gedeckte Rechtshandlung nicht als einen Eingriff in die Justizhoheit des Staates ansehen, und daß sie zweitens dieselbe als für jedermann bindend anerkennen.

Es liegt in der Natur der Sache, daß, da alle Eigenthumsübertragungen und alle Löschungen von Grundbuchschulden stempelpflichtig sind, auch die an der Börse vorgehenden Eigenthumsübertragungen und die Löschung der nicht durch Grundbesitz sicher gestellten Forderungen oder die Quittung stempelpflichtig ist. Ich sehe den Verkaufs-, Testaments-, Erbschafts-, Quittungsstempel nicht als eine Verkehrssteuer, sondern als Vergütung der Erlaubnis an, eigenmächtig Rechtshandlungen vorzunehmen.

Gegen den Quittungsstempel ist die öffentliche Meinung sehr aufgebracht. Man führt gegen denselben zwei Gründe an: er belästige den Verkehr, und er werde hinterhalten werden. Wenigstens in England ist das erstere so wenig der Fall wie das andere. Ich sehe es nicht als beschwerlich an, eine Stempelmarke auf eine Quittung zu drücken, so wenig ich es als beschwerlich ansehe, eine Postmarke auf einen Brief zu kleben. Den zweiten Grund sollte man Bedenken tragen öffentlich geltend zu machen, denn was sagt man durch ihn anders aus, als daß die Mehrzahl der Deutschen Betrüger und Uebertreter des Gesetzes sind? Ich habe viel in England gelebt, und kenne keinen einzigen Fall, in welchem der Kaufmann nicht ohne Weiteres der stempelpflichtigen Quittung den Stempel beigefügt hätte. Ist man in Deutschland nicht sicher, daß ein Gesetz ausgeführt werde, muß man, um seine Befolgung zu erzwingen, überall den Schutzmann als Wächter neben das Gesetz stellen, so ist Deutschland ein ethisch unreifes Land, und seinen Einwohnern alle politischen Rechte zu entziehen die erste Pflicht der zur Zeit im Amte befindlichen Staatsmänner.

Gebühren und Stempel ergänzen sich. Gebühren zahlt man für Handlungen, welche der Staat zum Besten der Individuen vornimmt, Stempel für Handlungen, zu denen der Staat die Erlaubnis an die Individuen abtritt. Jene wie diese sind Vergütungen.

Zu diesen Einnahmen gesellt sich für den Staat — analog für die Gemeinde, was ich nachher nicht abermals erwähnen werde — noch Eine, welche niemals im Ordinarium seines Haushalts erscheinen darf, die Einnahme aus Anleihen.

Was im Staatsleben den Bedürfnissen des gerade lebenden Geschlechts dient, muß von diesem Geschlechte selbst getragen werden, wo hingegen Alles was auch künftigen Geschlechtern zu Gute kommt, nicht von der Gegenwart allein zu bezahlen sein wird. Die Anleihe ist die Form, in welcher die Gegenwart ihre Auslagen auf die Zukunft abwälzt. Der Staat verkauft in der Anleihe das Guthaben, welches die Gegenwart an die Zukunft hat, zu Lasten der Kinder und Enkel der Gegenwart. Nicht von ungefähr werden Mündelgelder in Staatsanleihen angelegt.

Ein Hafenbau, die Herstellung eines Wegenetzes, die Errichtung großer Docks und so vieler ähnlichen Dinge darf nicht wie in einem Privathaushalte eine Milchrechnung von der laufenden Einnahme bestritten werden, weil dies Alles nicht Ein Jahr, sondern viele Jahre dauern und nützen soll.

Da die Kette der Nothwendigkeiten dieser Art niemals abreißen wird, ist es geboten, künftigste Zeiten dagegen zu schützen,

6*

daß die durch die Anleihe des Staats auf die künftigen Zeiten ab-
geschobenen, in Vertretung der Zukunft gemachten, Auslagen der
Gegenwart hindern, auch ihrerseits Anleihen aufzunehmen. Wären
tausend Millionen Staatsschulden bereits vorhanden, so würden
schwerlich auch nur hundert Millionen neue Schulden eingegangen
werden können. Daraus fließt die Verpflichtung, Anleihen in einer
bestimmten Reihe von Jahren zu tilgen. Die Amortisation alter
Anleihen hat den Zweck, die Contrahierung neuer Anleihen zu ermöglichen, welcher keine Epoche der Geschichte wird aus dem
Wege gehn können.

Hiermit habe ich die Aufzählung der Mittel erschöpft, welche
meines Erachtens dem Staate zur Verfügung stehn dürfen.

Daß jemand die Rente seines Vermögens für seine Zwecke
verwenden wird, ist selbstverständlich: ebenso selbstverständlich,
daß er Vergütungen für Dienste und für die Aufgabe seiner Rechte
beanspruchen darf. Für den Staat sind damit die Erträge aus dem
Domanium, die Gebühren und die Stempel geschildert.

Da der Staat mit diesen drei Einkommensquellen für die Be-
wässerung seiner Fluren nicht ausreicht, erschließt er sich eine
vierte in den Steuern und Zöllen. Er legt diese der Gerechtigkeit
entsprechend so auf, daß alle Staatsgehörigen davon getroffen
werden: er legt sie also auf Gegenstände des allgemeinsten Verbrauchs, das heißt, auf Nahrungs- und Genußmittel. Jede Besteuerung von Gegenständen, welche nur von einzelnen Klassen von
Staatsangehörigen gebraucht werden, ist schreiend ungerecht: wo
der Staat dem Einzelnen etwas leistet oder dem Einzelnen etwas
erlaubt, halte er sich durch Gebühr und Stempel schadlos, die den
Börsen der Geförderten zur Last fallen, nicht aber durch Alle tref-
fende Steuern und Zölle. Für die der Gesammtheit erzeigten Dienste
hat der Staat sich nur von der Gesammtheit, niemals von Einzelnen,
oder von einzelnen Klassen der Gesellschaft steuern und zollen
zu lassen.

Der Staat hat es in der Hand, von Jahr zu Jahr Gebühren,
Stempel, Steuern, Zölle nach Bedarf oder Nichtbedarf zu erhöhen
oder herabzusetzen.

Mit vollem Bewußtsein habe ich in dieser Uebersicht Grund-,
Haus- und Einkommensteuer weggelassen. Diese drei Steuern gehören nicht dem Staate, sondern der Gemeinde.

Besteuern darf der Staat nichts als was der überwiegenden
Mehrheit, ideell der Gesammtheit, seiner Angehörigen zugänglich ist,
denn er selbst ist ein Institut zum Besten der Gesammtheit, nicht
zum Besten Einzelner oder irgend welcher Gruppen Einzelner.
Essen und trinken thun Alle, darum liegen die zum Besten Aller
verlangten Steuern mit vollem Fuge auf Nahrungsmitteln und Ge-
tränken. Der Unterschied der Besteuerung etwa von Roggen- und
Waizenmehl und ähnlichem kann vernünftigerweise nur dadurch
begründet werden, daß das eine nahrhafter ist als das andere, und

darum das eine im Verhältnis seiner größeren Nahrhaftigkeit höher belastet werden darf, da, vernünftige Menschen als Genießende vorausgesetzt, der Verbrauch im Verhältnisse zur Nahrhaftigkeit stehn, und in Folge davon die nach eben diesem Verhältnisse bemessene Steuer jeden Brot Essenden gleich belasten wird.

Besitzen lange nicht alle Deutschen Grund und Boden, lange nicht alle Deutschen eigne Häuser, so folgt, daß Grund und Boden, und daß Häuser nicht staatssteuerpflichtig sein dürfen.

Grund und Boden haben ebenso wie Häuser keinen absoluten, sondern nur einen relativen Werth, und der relative Werth hängt allerdings von der politischen Lage des Staats mit, in erster Linie aber von der Gemeinde ab, in welcher Grund und Boden, und in welcher das Haus liegt. Ein Morgen Landes ist unter den Linden in Berlin das zehntausendfache von dem werth, was er in Rixdorf, das hunderttausendfache von dem, was er in der Lüneburger Haide werth ist: dasselbe Haus kostet in Goettingen das dreifache von dem, was es in Dransfeld, ein zwanzigstel von dem, was es in Berlin kostet.

Ist aber der Boden und ist das Haus werth im Verhältnisse zum Werthe der Gemeinde, in deren Gebiet Boden und Haus liegen, so hat die Gemeinde ein Recht, ihre Auslagen von dem Objecte einzuziehen, welchem Sie Werth gegeben hat.

Aehnlich verhält es sich mit dem Einkommen. Ein Kaufmann, ein Handwerker, ein Arzt, ein Advocat kann sein Geschäft nur auf Grund seiner Angehörigkeit an eine Gemeinde ausüben, weil er nur in der Gemeinde persönlich bekannt ist, und nur die persönliche Bekanntschaft das Zutrauen ermöglicht, dessen er zur Ausübung seines Gewerbes bedarf. Die Beamten des Staats freilich werden hingeschickt, wohin das Interesse des Staates es erheischt: wir dürfen doch aber nach den 60000 Beamten nicht die Anschauungen über eine Einrichtung bemessen, welche auf 22 und eine halbe Million Nicht-Beamter Anwendung leidet. Ebensowenig wie die Beamten können Rentner verlangen, daß nach ihnen die Anschauungen von vaterländischen Verhältnissen gebildet werden.

Es ist eine sehr einfach zu begreifende Forderung des Anstandes, daß entweder die Beamten sammt und sonders für ihr Diensteinkommen von Gemeindesteuern frei, oder auch die in einer Gemeinde sich aufhaltenden Offiziere für das ihre zu Gemeindesteuern herangezogen werden müssen. Leider ist es nöthig, ausdrücklich auszusprechen, daß Offiziere zur Disposition — oft Krüppel, die zu jedem Dienste schlechthin untauglich sind — von den in Ruhestand versetzten Offizieren sich rechtlich in nichts unterscheiden, und daß die von jenen eine lange Reihe von Jahren hinterhaltenen Gemeindesteuern bei erster Gelegenheit noch nachträglich mit Zins und Zinseszins von den Gemeinden einzuklagen sein werden.

Die Städte werden aber gut thun, für ihre Finanzgebahrung Seitenblicke auch auf ethische Verhältnisse zu werfen.

Schulden haben gilt in dem heutigen Deutschland leider nicht mehr für unanständig. Ein hoher Staatsbeamter, einst als Herausgeber der neuen preußischen Zeitung, danach als Berather des Reichskanzlers von großem Einflusse, der Justizrath Wagner, hat sich nicht entblödet, im preußischen Landtage das Schuldenmachen ein angeborenes Menschenrecht zu nennen, und ist für diesen Cynismus durch die wiehernde Heiterkeit der allezeit lustigen Landboten belohnt worden.

Es wird sich empfehlen, von Grundbuchschulden eine Steuer von zehn vom Hundert des Zinsbetrages zum Besten der Gemeindekasse zu erfordern, um den Leuten zu zeigen, daß Schulden haben oft unanständig, stets aber unvortheilhaft ist.

Um so mehr so, als ganz allgemein Besitzer von Capitalien Hypotheken auf ihre Grundstücke aufnehmen, um Einschätzung in eine niedrigere Steuerstufe zu erwirken. Es kommt ja vor, daß Capitalisten ihr Anwesen belasten müssen, weil ihre Capitalien zur Zeit nicht, oder nur mit mehr oder weniger erheblichem Schaden zu Gelde zu machen sind. Dergleichen läßt sich alle Zeit aktenmäßig feststellen, da über den Ankauf der Aktien Quittungen existieren werden, und der Börsenzettel das Weitere ausweist. Wenn die öffentliche Meinung die durch Aufnahme unnöthiger Hypotheken verübten Betrügereien nicht bald unmöglich macht, möchte es Recht sein, gesetzlich zu bestimmen, daß alle in der gedachten Weise versteckten Capitalien zum Besten der durch ihre Verbergung um eine Summe Steuern gebrachten Gemeinde verfallen, und daß außerdem der Versteckende die bürgerlichen Ehrenrechte verwirkt.

Für deutsches Empfinden versteht es sich von selbst, daß das Haus nur das erweiterte Ich des Hausherrn, die seiner Seele angepaßte Hülle seiner Seele ist. Daraus ergibt sich, daß in einem Hause nur sein Herr und dessen Familie Platz findet, daß für irgend eine Miethwohnung schlechterdings in ihm kein Raum ist. Es spricht allem deutschen Empfinden Hohn, in einer Miethkaserne mit einem Dutzend oder einem Paar Dutzend andrer Urwähler zusammen untergebracht zu sein, wie das Urvieh in Noes Arche oder die Spielsachen in einer Nürnberger Schachtel. In seinem Hause allein wohnen ist nicht, wie ich einmal aus dem Schlote eines Beamten vernommen habe, ein Luxus, sondern für einen wirklichen Deutschen eine ethische Nothwendigkeit. Wie wäre es, wenn die deutschen Städte sich dieser deutschen Anschauung einmal erinnerten, in den von Erlaß des ihr Ausdruck leihenden Gesetzes ab gebauten Häusern, und nach Ablauf einer Frist von zehn Jahren in allen Häusern jede Miethwohnung mit dem Zehntel der Miethe besteuerten, und dies Zehntel vom Hausbesitzer einzögen? Das Deutschthum der Magistrate besteht doch hoffentlich nicht darin, daß sie am Sedantage auf dem Markte reden, und auf Kosten der Steuerzahler den guten Brüdern freies Bier und freie Cigarren geben?

Die Gesundheit der Städte wird gewinnen, wenn sie in Folge

dieser Bestimmung weitläufiger werden, und alle die vielen ethischen Unzuträglichkeiten, welche das enge Zusammenwohnen einander nichts angehender Menschen, das fortwährende Wechseln der Schlafstellen und guten Stuben, mit sich bringt, werden verschwinden.

Es läßt sich denken, daß die Gemeinden auch den Gebühren und Stempeln des Staats analoge Einnahmen haben können — ich nenne nur Gasbeleuchtung, Schlachthausberechtigung, Schankerlaubnis, Stätterecht —: für diesen Aufsatz ist es unnöthig, auf dieselben besonders einzugehn.

Der Staat soll aus seiner Gerechtigkeitspflege eine Einnahme nicht beziehen. Er thut nur was er soll, wenn er Recht finden und zur Ausübung bringen läßt. Er mag sich seine Justizkosten reichlich bezahlen lassen, Sporteln darf er nicht nehmen.

Anders ist es mit der den Gemeinden als Analogon der durch den Staat ausgeübten Justizhoheit zustehenden, allerdings in ideellem Auftrage des Staats ausgeübten Polizeigewalt. Polizei ist nur möglich in übersehbaren Grenzen: sie ist stets Eigenthum der Gemeinden. Der Staat mag ein Centralorgan besitzen, welches die Gemeindepolizeien von Fällen unterrichtet, die muthmaßlich oder wirklich eine über mehrere Gemeinden sich erstreckende Wirkung haben: an sich ist der Staat, ist selbst die Provinz zu groß, um eine Aufsicht über ihre Eingesessenen anders als' durch die Beauftragten der Gemeinden ausüben zu können.

In den Gemeinden nun wohnen die Menschen nahe bei einander, sind dadurch zu erhöhter Rücksichtnahme auf einander verpflichtet — ein Ritter auf einem Felsenschlosse darf manches thun, was für einen Bürger, der nahe Nachbaren hat, unbedingt verboten bleibt —, sie sind aber auch der Möglichkeit ausgesetzt, sich aneinander zu reiben.

Die Polizei erhält die Ordnung durch Bußen. Mit dem Zunehmen der Sittlichkeit werden die Bußen abnehmen, weil die Uebertretungen abnehmen: aufhören werden sie nie, weil am allerwenigsten in Städten die einander auf dem Halse sitzenden Menschen je aufhören werden, einander zu hassen und zu schaden. Durch sie werden wenigstens die Stadtgemeinden ihre Polizei zu besolden und zu unterhalten im Stande sein.

Endlich werden die Gemeinden nöthigenfalls den Luxus besteuern dürfen. Sie werden es thun, nicht der Staat, weil der Staat zu hoch über den Individuen steht, um deren Gebahren richtig erkennen zu können. Nur müssen die Gemeinden einsehen, daß sie mit der Steuer auf den Luxus nicht sowohl eine Geldeinnahme erzielen, als eine erziehende Wirkung ausüben sollen. Wird zum Beispiel von jedem in einer Stadt vorhandenen Claviere eine — thunlichst hohe — Summe Geld erhoben, so geschieht das wesentlich, um dem Volke klar zu machen, daß so wenig jeder Mensch Anlage zur Malerei oder zur Mathematik, genau ebensowenig oder noch weniger (da man zur Musik eine Seele haben muß) jeder Mensch Anlage

zur Musik hat: die zahlreichen Klapperschlangen, welche jetzt durch
ihr Tastenhauen sich und ihre Umgebung quälen, werden vielleicht
dadurch, daß ihr Hackbrett mit einer Steuer belegt wird, inne
werden, daß sie noch hölzerner sind, als der Mahagonikasten, an
welchem sie lärmen. Und so in ähnlichen Fällen. Die Finanzen
gewinnen bei Luxussteuern nur in einem mitten in der Verwesung
befindlichen Volke: einer noch lebenskräftigen Nation dient die
Luxussteuer nur dazu, den Luxus und damit auch die Erträge
der Luxussteuer zu töten.

Die der Provinz zu zahlenden Summen können nur Zuschläge
zu den an die Gemeinden zu zahlenden Summen sein. Es gibt,
nachdem der Staat und die Gemeinde die Kuh gemolken haben, für
die Provinz nichts mehr in ihrem Euter, als ein paar Tropfen,
welche etwa zusammenlaufen, ehe das Thier schlafen geht. Da Alle
Gemeinden der Provinz an die Provinz steuern, wird immerhin
genug zusammen kommen, um die Provinz mit dem Nöthigen zu
versehen.

2

Staat und Gemeinde haben nun aber in Betreff ihrer Finanzwirthschaft dieselbe Pflicht, welche der Privatmann in Betreff der
seinigen hat. Sie müssen ihr Capital vermehren, das heißt, sie
müssen sparen: denn Capital ist nichts als nicht verbrauchtes Ergebnis früherer Arbeit oder früherer Entsagung.

Es ist eine nicht erkannte Wahrheit, daß jeder, der am Ende
eines Finanzjahres nicht mehr besitzt als am Anfange desselben,
durchaus nicht auf demselben Flecke geblieben, sondern ärmer geworden ist.

Da die Geschichte in fortwährendem Leben weiter, und zwar
im Großen und Ganzen aufwärts und vorwärts weiter geht, schafft
sie auch von Jahr zu Jahr neue Werthe. Reichthum ist nur ein
relativer Begriff. Ein Millionär auf einer wüsten Insel ist bettel-
arm, in England ist er wohlhabend, in OstPreußen ein Croesus.
Ein Mann mit 5000 Mark Einkommen ist, wenn seine Umgebung
es auf 6000 Mark Einkommen bringt, während er bei seiner alten
Rente geblieben ist, ärmer als seine Umgebung: steigen jene auf
20000, während er bei 5000 beharrt, so ist er arm geworden.
Daraus folgt, allgemeine Zunahme des Vermögens auf der jetzt zur
Größe einer Kinderstube zusammengeschrumpften Erde vorausgesetzt, daß wer nicht mit dem Vermögen der Menschheit auch das
seine wachsen sieht, im Vermögen zurückgeht. Dasselbe ergibt sich,
wenn man Zufälligkeiten wie das Einströmen großer Silbermengen
nach der Entdeckung Amerikas, großer Goldmengen nach Erschlie-
ßung der californischen und australischen Quarze in Betracht zieht.
Der Thaler kaufte im Jahre 1600 nicht mehr was er 1450 kaufte,
er kauft im Jahre 1880 nicht mehr was er 1850 kaufte. Wer
1880 mit seinem Vermögen dasselbe leisten will, was er 1850 mit
demselben leistete, muß 1880 um so viel mehr Thaler sein nennen,

als der Thaler gegen 1850 weniger Kaufkraft besitzt: er muß gespart haben.

Staat und Gemeinde unterliegen in diesem Punkte derselben Nothwendigkeit wie die Einzelnen.

Auf das Anwachsen der aus Gebühren und Stempeln, Zöllen und Steuern, Domanien und Regalen, Grund und Häusern fließenden Einnahmen können sie allerdings rechnen, wenn die Fruchtbarkeit der deutschen Frauen und die Arbeitskraft der Nation nicht abnehmen. Aber das Anwachsen geht in so langsamem Tempo, während das Geld, das nicht mehr deutsches, sondern Erdgeld ist, in so raschem Tempo sinkt, daß ganz geflissentlich auf Vermehrung des Capitals hingearbeitet werden muß, um dieses Sinken nicht zum Schaden gereichen zu lassen.

Staat und Gemeinden werden gut thun, als Prolegomena zur Capitalvermehrung eine schärfere Controlle der von ihnen bestellten Arbeit und eine Beschränkung ihrer Ausgaben in Angriff zu nehmen.

Staat und Gemeinden kaufen und bauen theurer als Privatpersonen: den öffentlichen Säckel zu betrügen gilt ja nirgends und nie als eine Schmach. Staat und Gemeinden kaufen ohne sofort zu nutzen, bauen ohne die Zeit auszukaufen, stellen aus Humanität an, kurz, sie verschwenden auf die mannigfachste Weise auch bei nothwendigen Ausgaben.

Aber noch mehr verschwenden sie durch unnütze Ausgaben, und zwar thun es die Gemeinden in noch viel weiterem Umfange als der Staat es thut. Die Landboten sind dabei so wenig eine Schranke wie die Stadtverordneten, ja man wird sagen dürfen, daß wenn Landboten und Stadtverordnete gar nicht vorhanden wären, in der Weise wie jetzt geschieht, nicht verschwendet werden würde. Kein Minister und kein Bürgermeister der alten Zeit würde Ausgaben gewagt haben, wie sie seit dem Völkerfrühlinge von 1848 mit ganz leichtem Herzen gemacht werden.

In einem so armen Lande wie Deutschland ist für Sedanfeste, Erinnerungspuppen, Monumentalbauten, Gewerbeausstellungen, für die Sintfluth der nicht Allen nützenden Schulen schlechthin kein Pfennig zur Verfügung. Die öffentliche Meinung muß sich ernstlich gegen die im Namen des Patriotismus, der Dankbarkeit, der Kunst, der Bildung geübte Verschwendung auflehnen: es müssen Wege gefunden werden, um den von irgend welchem großsprecherischen Eigennutze genasführten Philistern der Bürgercollegien das Verbrechen abzugewöhnen, das Geld ihrer Mitbürger in Illuminationen zum Besten der Lichtzieher und Steinölhändler, in Statuen zum Besten der Bildhauer und Erzgießer, in Ausstellungen zum Besten der Bierwirthe, in Schulen zum Besten der Erwerbebedürftigkeit Einzelner, seien sie Schüler oder Lehrer, zu vergeuden: mindestens die Stadtverordneten oder Bürgervorsteher müssen für allen Schnickschnack, zu welchem sie das Geld Andrer bewilligen, regresspflichtig gemacht werden. Das Volk kann nicht gehalten sein, aus seinen schlecht gefüllten Taschen Realschulen für die Söhne der Honoratioren zu bauen, oder Sgraffiti an den Mauern eines Zierbaus anzubringen.

Das Domanium weltlichen und geistlichen Ursprungs wird nur allmälig steigende Erträge liefern, ohne daß das aus ihm fließende Einkommen je Aussicht hätte, mit dem Wachsen der Bedürfnisse des Staates, und wären diese auf das engste Maß beschränkt, Schritt zu halten. Das allein wirklich werthvolle Regal, die Post, wirft von Jahr zu Jahr mehr ab, aber auch die Post genügt nicht, um die Einnahmen des Staates nach Wunsche zu vergrößern.

Domanien von nennenswerthem Umfange kann der Staat heut zu Tage zur Vermehrung seines Vermögens nicht mehr erwerben: Ackerboden ist zu theuer. Die Bauern gedeihen, weil sie alten Besitz bewirthschaften, dessen Kaufpreis einst so klein war, daß er ihnen heut recht reichliche Zinsen trägt, vielleicht schon amortisiert ist: der Gebildete, der Adlige legt in einem Rittergute jetzt sein Capital nicht vortheilhaft an, weil er zu viel zahlen muß: der Staat würde natürlich in gleicher Lage mit ihm sein.

Wohl aber kann und soll der Staat alles Unland erwerben, welches nicht zu Wegen benutzt ist, und es aufforsten: wohl soll er allen Privatwald erwerben, welcher nicht groß genug ist, um sechzigjährigen Umtrieb zu erlauben, oder dessen Besitzer sich nicht verpflichtet, sechzigjährigen Umtrieb inne zu halten, und dem Staate die Aufsicht darüber zu verstatten, daß er seiner Verpflichtung nachkommt.

Was der Wald für das Klima leistet, und wie wichtig ein möglichst ausgedehnter Waldbestand ist, das weiß jetzt ziemlich jedermann. Hier kommt in Betracht, daß der Wald nur in starken und festen Händen Ertrag liefert, und darum nur in den Händen des Staates, der Corporationen und Fideicommisse sein darf, da diese drei allein lange genug leben, um aus dem Walde einen wirklichen Nutzen zu ziehen: daß der Staat unzweifelhaft an aufgeforstetem Unlande eine ihm sehr viel bedeutende Vermehrung seines Vermögens gewinnen wird. Wie Privatpersonen den Wald bewirthschaften, zeigen der badische Schwarzwald und die Schweiz. Auf einer einzigen Geviertstunde des Schwarzwaldes, welche ich mit Köhlern, Jägern und dem Forstwarte zur Probe beschritten habe, fänden etwa 500000 Tannen auf einem Boden Platz, der zu nichts als zu einem Tännicht dienen kann, und jetzt ungenutzt liegt.

Der Staat muß sich sodann ein neues Regal schaffen, das Eisenbahnregal. Man weiß, daß der gegenwärtige Reichskanzler den Plan, die Eisenbahnen in die Hände des Staates zu bringen, ausgesprochen und theilweise ausgeführt hat. Auch dieser Plan ist nicht des Herrn von Bismarck Eigenthum: er gehört dem Jahre 1848 und dem Minister Milde an, dessen Motive mir nicht bekannt sind: ich glaube mich zu entsinnen, daß es dem Minister Milde nur darauf ankam, einen zuverlässigen Betrieb der Bahnen zu ermöglichen.

Ich fordere ein Eisenbahnregal, das heißt, ich fordere, daß alle

Eisenbahnen, auf welchen neben den Menschen auch Güter befördert werden, Eigenthum des Staates werden sollen, weil es nur
unter dieser Voraussetzung möglich werden wird, den Eisenbahnen
einen wirklichen Ertrag abzugewinnen, indem nur unter dieser Bedingung ein Gütertarif eingeführt werden kann, welcher dem Row-
land-Hillschen Tarife für Briefbeförderung nachgebildet ist. Je
gleichmäßiger und billiger der Tarif für Mensch und Gut, je ein-
heitlicher die Leitung der Eisenbahnen ist, desto höhere Erträge
werden die Eisenbahnen für den Staat abwerfen, ganz wie das
Penny-Porto in England, das Groschen-Porto und die Centralisie-
rung der Post in Deutschland die Erträge der Post auf eine früher
nicht geahnte Höhe erhoben haben.

3

Die Finanzwirthschaft eines Staates hängt auf das Innigste
mit seiner Politik zusammen. Die Politik des Staates muß so bemessen werden, daß sie mehr und mehr seine Finanzen entlastet.

Dies ist am Schlagendsten durch Betrachtung der für das Heer
aufgewandten Kosten zu beweisen.

Niemand als ein Narr leugnet, daß das deutsche Reich ein
großes und stets schlagfertiges Heer zur Verfügung haben muß.
Damit ist aber — man macht sich das nur nicht klar — ausgesprochen, daß das deutsche Reich in der Gestalt, in welcher es zur
Zeit existiert, nicht lebensfähig ist: kein Hausherr verwendet die
Hälfte seiner Einnahme auf Riegel und Zäune. Damit ist aber weiter gesagt, daß das deutsche Reich auf ganz andre Grundlagen gebaut werden muß, als auf die es gebaut ist.

Ich rechne es mir zur Ehre an, seit 1853 ohne Schwanken
die Anschauung verfochten zu haben, daß erst die Gründung eines
mitteleuropäischen Staates Europa den Frieden geben werde.

Der Gründung dieses MittelEuropa steht zur Zeit entgegen, daß
der Kaiser von Oesterreich den Bundestag und Königgrätz, der
Kaiser von Deutschland seine Beziehungen zu Russland nicht vergessen kann, und der Kanzler des deutschen Reichs Friedrichs von
Genz von mir oft bekämpfte, von der Entwicklung der Dinge beseitigte Anschauungen über Ungarn zu den seinigen gemacht hat.
Der Kopf freilich sieht vieles ein, zu dem das Herz Nein sagt: in
der Politik wirkt aber niemals der Kopf allein, sondern wirkt der
Kopf, der mit einem Herzen Hand in Hand geht.

Eine Auseinandersetzung mit Russland wird Polen und Galizien
unter dem seine fünf deutschen Landschaften an Preußen abtretenden
Hause Wettin, natürlich als unzertrennlichen Bundesgenossen Deutschlands und Oesterreichs, selbstständig machen, sowie derselbe sämmtliche in Polen und Galizien ansässige Juden, den alten Krebs der
polnischen Nation, nach Palaestina abgeschafft haben wird. Diese
Auseinandersetzung wird östlich von Polen bis zum schwarzen
Meere hin Land für deutsche Ansiedelungen frei stellen, und auf
KleinAsien die Hand für weitere deutsche Colonien legen. Es ist

nicht zu ertragen, daß die Geschichte stets westwärts gehe, während im Osten für die auf Europa schwer lastenden Sarmaten das beste, durch eine einfache Umquartierung in Besitz zu nehmende, Land brach liegt, und durch ein Rückwärtsdrängen der Moskowiter vor unsrer Thüre Platz für die jetzt in America verschwindenden Deutschen gefunden, und die Bahn für eine eigne, nicht russische und darum ungefährliche Entwickelung der SüdSlaven geschaffen werden kann.

Diese Aufgaben hat sich die deutsche Nation zu stellen, weil nur wenn sie gelöst sind, die schwere und kostspielige Rüstung überflüssig wird, welche dauernd zu tragen ihr unmöglich fällt. Nur die Germanisierung der im Osten an uns grenzenden Länder ist eine That der Nation, die jetzt thatenlos dahinlebt, und sich mit Rauchen und Lesen über ihre Nichtigkeit tröstet. Wir ersticken an Bildung und dem geheimen-Raths-Liberalismus: wenn wir wieder Bauern geworden sein werden, können wir noch glücklich sein, und Bauern werden wir nur durch Rücknahme des alten Gothen- und Burgundenlandes.

Kirchthurmhoch, sagte der Reichskanzler einst, steht die Freundschaft zwischen Preußen und Russland über dem Neide und dem Hasse derer, welche sie nicht mögen. Nun, die letzten Ereignisse haben denjenigen Recht gegeben, welche an den Bestand dieser unpolitischen Freundschaft nicht geglaubt haben. Der Reichskanzler hat die Schwenkung schon selbst vollziehen müssen, welche ich längst gefordert habe.

4

In diesen Blättern ist von einer Erwerbsteuer nirgends die Rede gewesen. Natürlich mit Absicht nicht.

. Das Capital ist das Ergebnis alter Arbeit und alter Entbehrungen, sein Ertrag ist die Rente. Diese Rente wird dadurch erzielt, daß es an jemanden der Geld braucht, ausgeliehen wird: die Rente ist der Lohn dafür, daß der Eigenthümer des Capitals es dem Arbeiter zu dem Zwecke hergibt, mit ihm lohnende, das heißt, einen Ueberschuß über die Arbeitskosten ergebende, Arbeit zu thun.

Soll nun der Erwerb besteuert werden, so heißt das, den Ueberschuß besteuern, welchen die Arbeit über die Rente des zur Durchführung der Arbeit geliehenen, beziehungsweise (wenn es Eigenthum des Arbeitenden ist) besessenen Capitals ergibt. Da dieser Ueberschuß in den seltensten Fällen erheblich ist, wird durch eine Erwerbsteuer nichts weiter bewirkt, als daß entweder die Rente um die entsprechende Summe geschmälert, oder die Arbeit ohne Nutzen oder mit einem sehr geringen Nutzen geleistet wird. Wenn ersteres der Fall ist, besteuert man die Rente, die als Einkommen bereits besteuert ist, noch einmal: wenn letzteres, dürfte man die Lust zur Arbeit erheblich ermäßigen, freilich in Preußen eine Philologen unschätzbare Erläuterung der Redensart travailler pour le roi de Prusse geben.

Wird die Arbeit ohne Beihülfe eines besessenen oder angeliehenen Capitals gethan, so scheint sie Nichtstaatsmännern um so ehrenwerther. Der Arme, welcher nur mittelst seines Willens, seines Verstandes und seiner Fähigkeit zu entsagen es allmälig zu einem Besitze bringt, dürfte Vielen aller Achtung würdig vorkommen: die Erwerbsteuer ist andrer Meinung. Sie belastet ihn für das, was Nichtstaatsmännern das beste an ihm scheint: sie knickt jedes Ei das die Henne legt, um einige Tropfen Dotter zu gewinnen. Umsonst ist der Tod, sagt das Sprichwort: die Erwerbsteuer ändert es in die Form Umsonst oder wenigstens nahezu umsonst ist die Arbeit.

Uebrigens irrt man, wenn man nur Tischler, Schneider und andre Handwerker oder Kaufleute mit einer Erwerbsteuer belegt. Professoren, Aerzte, Richter und andre Studierte arbeiten auch nicht um der schönen Augen des jedesmaligen Ministerpraesidenten oder Generalsteuerdirectors willen, nicht allein oder vielleicht gar nicht aus Liebe zu ihrem Berufe: in einem gerecht verwalteten Gemeinwesen müßten mithin, falls Erwerbsteuern beliebt würden, auch sie so gut wie der Zimmermeister und seines Gleichen Erwerbsteuer zahlen. Man meint sogar den Generalsteuerdirector und den Ministerpraesidenten nicht von dem Verdachte frei sprechen zu dürfen, daß auch sie ohne Gehalt zu empfangen ihr Amt nicht behalten würden. Sollten vielleicht auch sie erwerbsteuerpflichtig sein?

Es ließe sich ja denken, daß eine in altmodischen Anschauungen nicht mehr befangene Epoche die Krüppel, welche nicht dienen können, besteuerte, weil sie ja von den NichtKrüppeln sonst gratis vertheidigt würden: daß sie die NichtRaucher besteuerte, weil diese ja doch rauchen dürfen, und wenn sie rauchten, so und so viel an die Monopolinhaber abführen würden: daß sie kinderlose Leute besteuerte, weil diese ja freilich einsam sterben werden, aber doch keine Auslagen für die Erziehung von Kindern haben. Einstweilen bin ich, neuen Anschauungen überhaupt wenig geneigt, der Ansicht, daß es vorzuziehen sein würde, wenn die Staatsmänner ihre Politik ernsthaft so einrichten wollten — wäre es auch durch ein paar große Kriege —, daß wenig Steuern nöthig wären, und der Staat mit der Rente seines Vermögens, mit Gebühren und Stempeln allen seinen Verpflichtungen gerecht werden könnte: schon Steuern und Zölle müssen als Nothbehelfe angesehen werden.

Ebensowenig wie von einer Erwerbsteuer ist von der jetzt bei den Massen so viel genannten Unterabtheilung derselben die Rede gewesen, der Börsensteuer. Die Uebertragung der Werthe ist nach dem oben Auseinandergesetzten stempelpflichtig: da die an der Börse gehandelten Werthe an ihr übertragen werden, unterliegt jeder Verkauf Zinsen oder Dividenden abwerfender Papiere dem Stempel. Aber an der Börse wird nicht allein, oder nicht einmal hauptsächlich, Capital in guten Papieren angelegt, sondern es wird mittelst schlechter Papiere auf Differenzen gewettet. Diese Wetten sind Glücksspiele, stehn an ethischem Werthe dem Pharao und Tempel Mosis völlig gleich, und verfallen nicht dem Steuerfiscale, sondern der Staatsanwaltschaft. Der preußische Minister Maybach hat die Börse öffentlich einen Giftbaum genannt, und, soferne er die eben berührten, an der Börse die Hauptsache ausmachenden Hazardspiele meinte, durchaus die Wahrheit, und allen ehrlichen Menschen aus dem Herzen gesprochen. Durch Auferlegung einer Steuer aus diesen Spielen Geld einnehmen wollen ist eine Beleidigung für Alle, denen dies Geld irgendwie mit zu Gute kommen würde: es nützen ist nicht ehrenhafter als von dem Lohne leben, welchen Weib oder Tochter mit ihrer Schande verdienten. Muß aber ganz gewiß die Stempelung der Hazardspiele der Börse unterbleiben, weil sie eine Anerkennung von Verbrechen einschlösse, so muß andrerseits ebenso gewiß das Gesindel, welches diese Verbrechen am hellen Tage begeht, mit sammt seinen Angehörigen mittelst Schub, gebrandmarkt, über die deutsche Grenze gebracht, im Falle der Rückkehr an den ersten besten Pfahl aufgeknüpft, und sein Vermögen zum Besten der Staatskasse eingezogen werden. Jeder, der sich das von solchen Subjecten ergaunerte Geld anheirathet, marschiert unter den gleichen Bedingungen wie sein Schwiegervater ab.

Ich fasse, obwohl ich mich schon im Voraufgehenden deutlich ausgedrückt zu haben denke, meine Anschauungen zusammen.

Für die Finanzwirthschaft Deutschlands ist nothwendig, daß sie überall nur drei Instanzen — Reich, Provinz, Gemeinde —, nirgends vier — Reich, Staat, Provinz, Gemeinde — mit Geld zu versehen habe.

Die Einkommenquellen des Reichs müssen von den Einkommenquellen der Gemeinde ganz und gar verschieden sein: die Provinz erhebt Zuschläge zu dem der Gemeinde Gesteuerten.

Reich, Provinz, Gemeinde sind gehalten, nicht bloß ihre Steuer- und Stempelkraft, sondern auch ihr Vermögen jährlich nach Kräften zu vermehren, theils durch Sparen, theils durch Erwerb neuer Vermögensobjecte.

Die Politik des Reichs muß geflissentlich darauf aus sein, das Reich in die Lage zu bringen, daß es seine Rüstung zu tragen aufhören darf.

Zu diesem Behufe ist außer organischer Verbindung mit Oesterreich der Gewinn eines erheblichen Colonielandes im Osten unumgänglich.

Die graue Internationale.

Von der schwarzen, der rothen, der goldenen Internationale redet alle Welt: die graue Internationale läuft noch immer unter dem Namen Liberalismus um. Mir scheint es an der Zeit, sie in ihre Rechte einzusetzen. Sie ist vaterlandslos wie alle ihre Schwestern, und darum für jede Nation von äußerstem Unsegen. Sie herrscht allerdings eben so gerne wie die drei andern Glieder der Familie, aber die Macht ist nicht eigentlich das was sie erstrebt: von der Bequemlichkeit und dem Wunsche zu scheinen nährt sie sich, sie mordet, wenn auch ohne es zu beabsichtigen, die Gewissen und die Fähigkeit das Leben als Ganzes zu fassen, und dadurch tötet sie die Persönlichkeit.

Alles was dem Menschen frommt, ist Ergebnis seiner eignen Arbeit. Diesen Satz werden viele Zeitgenossen nicht bestreiten, obwohl sie seiner Tragweite sich nicht bewußt sind. Die eindringlichste Erläuterung hat er auf einem sehr leicht übersehbaren Gebiete durch die von Frankreich an Deutschland gezahlte Kriegsentschädigung erhalten. Wir würden jene fünf Milliarden Francs sehr wohl haben vertragen können, wenn sie Franc für Franc von uns als Einzelnen verdient worden wären: da sie uns auf Einmal, ohne daß wir etwas dafür geleistet, über den Hals kamen, sind sie uns fremd geblieben, und haben die Fäulniskrankheit hervorgerufen, von welcher wir noch immer nicht gesundet sind, und noch lange nicht gesunden werden. Ganz genau wie mit jenem Gelde verhält es sich nun mit geistigen Gütern. Kein Volk kann die Grundsätze des politischen Lebens, kann die Ergebnisse der Weltcultur äußerlich überkommen: wir können derartiges niemals wie Vokabeln auswendig lernen, niemals wie einen Regenschirm entlehnen: wir müssen was wir an geistigen Gütern besitzen wollen, selbst erobern. Der Liberalismus — ich rede natürlich nur von dem deutschen Liberalismus aus eigenster Kenntnis — ist die Weltanschauung derer, welche überallher geistige Güter zusammenschleppen, und dies in dem guten Glauben thun, jene seien darum ihr Eigenthum, weil sie in ihren Truhen und Schreinen liegen. All dieses Gold erweist sich, wie das schon unsre Märchen wissen, dem Besitzer, sowie er es benutzen will, als Kohle, obwohl es an und für sich wirklich Gold war. Alle diese Besitzer machen auf Gesunde den Eindruck Geisteskranker, welche Goldpapier als Geld aufzählen: wo derartige Leute im Leben der Völker zur Geltung kommen, wirken sie im höheren Sinne des Worts entsittlichend, weil sie die Arbeit in Miscredit bringen, weil sie wie einen Lotteriegewinn Schätze denen hinschütten, welche mit diesen Schätzen nichts anzufangen wissen: sie wirken aber auch im gewöhnlichen Sinne des Wortes entsittlichend, weil auch sie selbst nicht wirklich besitzen, was sie zu besitzen meinen, und darum bei ihnen Theorie und Praxis einander stets widersprechen. Diese Liberalen sind die umgekehrten Schlemihle: sie haben den Schatten des Körpers, aber den Körper nicht. Da ich durchaus nicht wünsche, misverstanden zu werden, mache ich darauf aufmerksam, daß ich selbst ganz genau angegeben habe, was ich hier liberal nenne, und daß für mich liberal nicht etwa mit Freiheitsfreund gleichbedeutend ist.

Menschen und Völker schreiten auf zwei Wegen vorwärts. Entweder so, daß in langsamem Wachsthume sich jedes Höhere aus dem nächst Tieferen, jedes Vollkommenere aus dem nächstweniger Vollkommenen entwickelt, oder aber so, daß, nachdem elementare Gewalt den ungenügenden Zustand der Dinge über den Haufen geworfen hat, in Folge des Unglücks die Betroffenen, welche nunmehr vor dem hellen Tode stehn, sich gezwungen finden, alle ihre Kräfte zur Herstellung eines genügenden Zustandes einzusetzen. Menschen und Völker kommen also zu ihrem Ziele entweder so, wie die Pflanze zu dem ihren kommt, oder aber wie der Schiffbrüchige zu dem seinen, der auf einer Planke des zerschellten Schiffes treibt, und, einen Fetzen Segel mit der äußersten Anstrengung und dem schärfsten Nachdenken dazu nutzt, daß er ihm zur rettenden Küste zu gelangen helfe.

Die Deutschen sind durch die Kirche Winfrids, die Bewidmung mit römischem Rechte, die Reformation, den dreißigjährigen Krieg, die Aufklärung Schritt für Schritt sich selbst untreu gemacht worden. Wer wagt dieser Thatsache gegenüber zu behaupten, daß die Deutschen die Entwickelung des Waldbaumes gehabt, der allmälig seine Wurzeln in die Tiefe, seine Aeste und den ragenden Wipfel in die Höhe gestreckt hat?

Die Deutschen sind zweimal in der hittersten Todesnoth gewesen, durch den dreißigjährigen Krieg und durch Napoleon den ersten. Aber sie haben nie das Glück des mannhaften Entschlusses erfahren: nie haben sie auf ihr eigenstes Eigenthum zurückgegriffen: all die unsägliche Selbstsucht der Machthaber ist ihnen geblieben: niemals haben sie einen Fürsten besessen, welcher als lebendiger Auszug des deutschen Wesens in jeder Faser seines Seins Empfindung für die Stammnatur, Haß gegen die Unnatur, aufwärts athmendes Streben zu deutscher Zukunft gewesen wäre. Flickwerk folgte auf 1648, Flickwerk auf 1806.

Aus dem Gesagten ergibt sich ganz von selbst, daß Deutschland dem verfallen mußte, was ich Liberalismus nenne: daß wohlwollende Menschen mit und ohne amtlichen Auftrag sich bemühten, zu importieren, was im Vaterlande nicht gewachsen war und doch nothwendig schien. Griechen und Römer, das alte und das neue Testament, die Verfassungen aller möglichen Länder haben dem armen Unstern helfen sollen: daran hat niemand gedacht, daß nur von unten auf, durch unbedingte Wahrhaftigkeit, unsre Zustände gebessert werden können: nicht durch Kennenlernen der wirklichen oder vermeintlichen Güter Anderer, sondern durch thatsächliche Beseitigung unsrer Mängel und Fehler und durch thatsächlichen Erwerb derjenigen Güter, welche nicht Fremde, sondern wir selbst wirklich brauchen. Keiner Nation nützt irgend welches Gut eines fremden Volkes, weil es ein Gut, sondern nur, weil es Ihr ein Gut ist. Kann doch auch der einzelne Mensch nicht alle Speise essen, die es auf Erden gibt, und soll er doch nur diejenige Speise genießen, welche ihm frommt und in dem Maße, in welchem sie ihm frommt, weil er sonst seine Fähigkeit zu verdauen und also zu leben ganz verlöre.

Der Liberalismus ist durch den Minister Altenstein und seinen Rath Iohannes Schulze in die preußischen Schulen eingeführt, und von Preußen aus über ganz Deutschland verbreitet worden. Das ist nicht das kleinste unter den auf unserm Vaterlande lastenden Misgeschicken. Unsre Jugend beherrscht keine Sprache, sie kennt keine Litteratur, sie hat nicht einmal die Hauptwerke unsrer großen Dichter wirklich in Ruhe gelesen und zu verstehn gesucht: aber sie hat die Quintessenz alles dessen was je gewesen ist, in der Form von Urtheilen zugefertigt erhalten, und sie stirbt am Ende ihrer Schulzeit vor Langerweile. Sie ist so überfüttert mit Notizen, so ungeschult in Auffassung geistiger Vorgänge und schriftstellerischer wie rednerischer Leistungen, daß sie auf der Universität einem freien Vortrage, sei derselbe noch so durchdacht und noch so klar, zu folgen außer Stande ist, und daß ihr deswegen Jahr aus Jahr ein in so gut wie allen systematischen Vorlesungen dictiert wird.

Die Hälfte ist mehr als das Ganze, behauptete Hesiod: ein Achtel kann mehr sein als das Ganze, behaupte ich, wenn an diesem Achtel die Gesetze zur Erkenntnis gebracht werden, nach denen sich auch die nicht besprochenen sieben Achtel und alle übrigen Ganzen bewegen.

Was war das preußische Heer von 1815 bis 1858? Ein theurer Unnütz, den der jetzige Kaiser schon 1833 hat umschaffen wollen, ein Unnütz, dem wir Bronnzell und Olmütz danken. Ganz genau wie 1858 das Heer reorganisiert worden ist, muß jetzt das Unterrichtswesen Preußens reorganisiert werden: so lange dies nicht geschehen, gilt mir jeder ihm gewidmete Pfennig für weggeworfen, da was erzielt wird, nicht durch das System, sondern durch die Aufopferung einzelner Lehrenden trotz des Systems erzielt wird. Es ist schlechte Oekonomie, ein Messer kaufen das nicht schneidet, zumal wenn man unmittelbar vor dem Punkte steht, an dem ein recht schneidendes Messer Noth thut. Ohne jene Reorganisation des Heeres wären Düppel und Alsen, wären Königgrätz und Sedan unmöglich gewesen: verlasse man sich fest darauf, daß ohne die vollständige Reorganisation des preußischen Schulwesens das nicht wirklich werden wird, was durch jene Siege nur möglich geworden ist, nämlich die Einheit Deutschlands, da diese nur auf dem Wesen, nimmermehr auf dem Scheine des Wesens ruhen kann.

Die Anschauungen des Liberalismus sind jetzt so sehr die herrschenden aller sogenannten Gebildeten, daß auch die christliche Orthodoxie unsrer Tage ohne es zu wissen, von ihnen zerfressen, und dadurch, daß sie den Feind in ihrem Lager hat, gehindert ist, ihn draußen mit einigem Erfolge zu bekämpfen. Jene angebliche Orthodoxie ist allerdings durch gewisse Thatsachen schon vernichtet, welche sie nicht mehr in Abrede stellen kann. Niemand wird das Vorhandensein wirklich inspirierter Worte und Handlungen leugnen können und wollen — leugnet man ja doch auch das Rosenthum der Rose nicht: das wirklich Inspirierte ist nichts anderes als das göttlich Echte —, aber die Inspiration in dem kirchlichen Verstande dieses für die Rechtgläubigkeit gerade in diesem Verstande so wichtigen Worts ist unhaltbar, da niemand zu bestreiten vermag, daß die Geschichte der Bücher des alten Testament eine durchaus andre gewesen, als das orthodoxe System annehmen muß, um bestehn zu dürfen — Moses und David sind völlig in die Brüche gegangen —, da die Geschichte Israels selbst in jeder ihrer Wendungen nicht so verlaufen ist, wie die Orthodoxie es verlangen muß, da im neuen Testamente die verschiedenen Lehrtypen sich nicht wegbringen lassen, da die apostolischen Väter nur zum Theile an unsre Evangelien, zum Theile nur an die Apostel anknüpfen. Wenn nun auch unwahrhaftige Menschen das Anerkenntnis dieser und ähnlicher Sätze als Liberalismus verschreien, so ist es doch in der That so wenig von diesem veranlaßt, wie etwa die Forderung, jedem sein Recht zu geben, die Ueberzeugung zu achten, Gefangene milde zu behandeln, vom Liberalismus veranlaßt ist: jenes Anerkenntnis wird von den Thatsachen erzwungen, diese Forderung von der Pflicht auch den conservativsten Menschen geboten: weder jenes noch diese ist die Folge einer bestimmt gearteten Lebensanschauung oder einer Tendenz: nur wer sich der Sünde wider den heiligen Geist schuldig machen will, darf jenes verweigern. Wohl aber ist das eine Folge des Liberalismus, daß die moderne Orthodoxie so vielfach das einzelne Factum als etwas unter allen Umständen zu vertheidigendes ansieht, daß sie sich so gar selten zu großen Gesichtspunkten aufzuschwingen vermag, daß sie nicht einmal den Begriff Kirche recht versteht.

Auch Männer, welche nicht orthodox, aber eifrige Freunde der Religion und welche sogar der Meinung sind, daß die Nationen nur durch die Religion leben, auch sie sind dem Banne des allgemein herrschenden Liberalismus und seiner die Natur und die Geschichte leugnenden Grundanschauung verfallen.

Wie oft hat man nicht Anstalt gemacht, die Religion wieder zu erwecken. Aber die Religion wird nicht erweckt, sie erwacht. Ich habe gerathen, ihre noch glühenden Kohlen zu sammeln und auf einander zu schütten — niemand darf etwas anderes rathen,

7 *

niemand mehr thun wollen als das —: den Hauch in diese Kohlen bläst nicht Menschenmund. Er wird von den Höhen oder von den Tiefen her wehen, wie es Gott gefällt, wenn wir die hinsterbende Gluth ihm zurechtgelegt haben werden, welche er beleben soll.

Man hat oft genug den Wunsch gehegt, eine conservative Partei zu gründen. Auch wer dies gethan, war selbst den Liberalismus nicht los, gegen welchen er doch zu kämpfen vorhatte. Die Gründung einer conservativen Partei ist eben auch eine Gründung wie alle andern Gründungen, und wenn vielleicht auch zunächst irgend ein vermögender Geist aus seinen persönlichen Mitteln soviel hergäbe, um den Schein eines Erfolges hervorzurufen, auf die Dauer müßten die Dividenden bei dieser Gründung so gut ausbleiben, wie sie bei andern Gründungen ausbleiben müssen. Nur die Natur lebt und zeugt, der Wille des Menschen kann das Erdreich von Steinen und Dornen säubern und kann es umgraben, er kann den Samen ausstreuen, aber nicht der menschliche Wille ist es, der die Saat aus dem von Gott mit Keimkraft ausgestatteten Samen in Gottes Luft und unter Gottes Thau und Sonne wachsen und gedeihen läßt.

Die conservative Partei — wenn ich einmal von Partei reden muß — wird an dem Tage entstehn, an welchem das königlich preußische Unterrichtswesen Altensteinscher Confession über den Haufen geworfen, die Parteipresse zerstört, die Kirchenbildung frei gegeben, an welchem Familienehre als nothwendiges Erfordernis der Volksehre anerkannt, an welchem als unwiderrufliches Grundgesetz unsres Lebens verkündet worden ist, daß nur persönliche, verantwortliche, planmäßige Arbeit Werthe schafft, daß alles was der Einzelne nicht selbst erwirbt, ihm und seiner Umgebung nicht zum Segen, sondern zum Unsegen gereicht, daß aber auch für Geist und Seele niemand mehr bedarf, als was er selbst erarbeitet, weil niemals das Ergebnis und der Arbeitsstoff des Lebens, sondern immer nur das Leben das ist, worauf es ankommt.

Eine besonders entnervende Wirkung hat der Liberalismus auf die heut zu Tage im Mannesalter stehenden Gelehrten ausgeübt.

Erstens lehrte er sie das einzelne Factum und damit auch ihre auf die Ermittelung dieses Factums gerichtete Thätigkeit übermäßig schätzen, andrerseits hinderte er sie, sich Gesammtbilder von Menschen, Zuständen, Entwickelungen, Geschichtsperioden, Geschichtszwecken zu machen. Er bewirkte durch letzteres, daß der Dilettantismus sich daran gab, solche Gesammtbilder zu zeichnen, und daß er in ihnen nicht das Wesen seiner Vorlage zeichnete — dies Wesen kann nur denen bekannt sein, welche die Kräfte des Originals in ihren einzelnen Aeußerungen als Augenzeugen belauscht haben —, sondern unter Benutzung des bekannten Materials Phantasie- und Tendenzstücke anfertigte, welche, von allen mit ähnlichen Phantasiebildern und ähnlichen Tendenzen versehenen Lesern als Wahrheit aufgenommen, der wirklichen Wahrheit den Weg verlegen.

Jeder Gelehrte ist zunächst darauf angewiesen, einzelne Thatsachen, wenn man will, Notizen, zu sammeln, an denen als den festen Punkten allmälig das Bild ganzer Vorgänge sich aufbaut: er ist mithin zunächst auf eben das angewiesen, was der Liberalismus als das wesentliche ansieht, nur ist er nicht darauf angewiesen, als auf das wesentliche, sondern als auf Mittel zum Zwecke, nicht als auf ein letztes, sondern als auf ein erstes.

Die jetzt im Mannesalter stehenden Gelehrten sind so gut wie alle in einer religionslosen Atmosphäre aufgewachsen, die Religion aber ist es, welche dem Menschen eine Lebens- und Weltanschauung gibt, und es ist sehr schwer, daß jemand, der nicht schon als Jüngling eine Lebens- und Weltanschauung irgend welcher Art besessen hat, als Aelterer sich eine solche verschaffe. Jene Gelehrten haben in Folge des heregten Mangels ihrer Erziehung niemals das Bedürfnis nach einer Weltanschauung empfunden, und sind so auf leicht erklärbare Weise dazu gelangt, liberal zu werden, das heißt, die einzelnen Facta und deren Ordnung als das allein Nothwendige und das in diesem unverständlichen Leben allein zu Erreichende anzusehen.

Daraus ist weiter die antichristliche und irreligiöse Färbung der deutschen Gelehrsamkeit entsprungen. Wer eine Weltanschauung sein nennt, besitzt sie entweder als ein Geschenk der Religion seiner Kindheit oder als einen Erwerb der harten Kämpfe, welche er als Mann um einen neuen Glauben geführt hat. Jede Weltanschauung ist religiös, weil die Welt nur als ein durch eine überwaltende Natur oder einen höchsten, klarsten, reinsten Willen gesetztes und zusammengefaßtes ein Ganzes ist: jede religiöse Anschauung erhebt den Anspruch die ausschließlich richtige und genügende, oder aber eine unbedingt richtige und wichtige Seite eines noch nicht bekannten Ganzen zu sein. Daher hat jeder Streit der nicht der Reactionspartei angehörenden Nicht-Liberalen wider die Liberalen die Wärme eines Kreuzzuges, eben darum jeder Streit der Liberalen gegen jene die höhnische Kälte und den bigotten Haß des Unglaubens. Die heut zu Tage im Mannesalter stehenden Gelehrten werden nicht leugnen, daß ihnen jedem nicht liberal gesinnten Gelehrten gegenüber, und wäre derselbe der freidenkendste, wohlwollendste, tüchtigste Mensch, in voller Seele unbehaglich zu Muthe wird: jede Gesammtanschauung schmeckt ihnen nach dem Mittelalter. Sie mögen in der Theorie dem Christenthume und der Religion noch so viel Gerechtigkeit widerfahren lassen, im Herzen sind sie Heiden, und sogar froh darüber, Heiden zu sein. Das ist aber ein Rückschritt: man hat das Recht über das Christenthum hinauszugehn, aber nicht das Recht hinter ihm zurückzubleiben.

Als allerärgstes Zerrbild erscheint der königlich preußische Staats-Liberalismus in dem Culturexamengesetze des Ministers Falk. Diesem Gesetze zufolge ist alle Bildung nur nasser Lehm, der an eine widerwillige Mauer geworfen wird, und nothwendiger Weise abfallen muß, sowie die Sonne auf ihn scheint oder der Regen gegen

ihn wäscht: solches Anwerfen auf Zeit hielten der Minister Falk und
der preußische Landtag für eine dem Vaterlande nützende That.

Der Zeus des modernen Pantheons ist der Erfolg: fragen wir
bei diesem höchsten Richter über den Werth des Liberalismus an.
Als Hoedel gegen den Kaiser seine Pistole erhob, wurde allgemein seine That als charakteristisches Symptom der Halbbildung
unsrer Zeit angesehen — ich erinnere nur an die Artikel der Nationalzeitung vom 4 Juni, vom 19 und vom 21 August 1878, weil
dieses Blatt in jener Zeit noch fast zu den halbamtlichen gehörte
—: die beiden großen Parteien bemühten sich, einander die Schuld
an Hoedels Bildung zuzuschieben: Hoedel war als Knabe nach
Raumer-Stiehlschen Regulativen erzogen, als Jüngling hatte er in
Mitten der Segnungen des neuen Deutschlands gelebt, so daß die
beiden sich nichts vorzuwerfen hatten. Jene Regulative wie dieses
Deutschland waren sich darin gleich, daß sie den Menschen durch
mechanische Einfügung fremder Stoffe über sich hinausheben wollten: es nimmt sich im Principe nichts, ob man einer Seele die
sogenannte Orthodoxie einer tief innerlich ruinierten Kirche oder die
nicht Orthodoxie genannte, aber ächt orthodox fanatische und un-
duldsame Rechtgläubigkeit der Alltagsfreisinnigen einpumpt: jene wie
diese zerstört, weil jene wie diese der Seele fremd ist.

Ueber jene tugendhafte Entrüstung der Zeitungen ist Gras gewachsen: die Zeitungen sind Tagesprodukte, und müssen mit den
Tagen leben: aber was haben denn in unsrer nicht ephemeren
Gesellschaft und in unsrer sehr stabilen Regierung jene einen Abgrund beleuchtenden Blitze von 1878 für Folgen gehabt? bei jener
gar keine als die Wilhelmsspende: dieser ist ein den Schaden nach
innen treibendes Socialistengesetz genügend erschienen: die Halbbildung, über welche durch Hoedel und Nobiling angeblich Alle aufgeklärt
waren, über welche die halbamtlichen Blätter seufzen mußten, sie
ist völlig unangetastet geblieben: das königlich preußische Schulwesen bildet nach wie vor, sogar mit verstärkten Mitteln, die jetzige
Jugend genau ebenso halb, wie es einst Hoedel und Nobiling halb
gebildet hat. Bildung ist die Fähigkeit Wesentliches von Unwe-
sentlichem zu unterscheiden, und jenes ernst zu nehmen: ist die
Gesellschaft, ist die Regierung etwa in diesem Sinne gebildet, wenn
sie trotz jenes Schreckens von 1878 Alles beim Alten läßt? man
heißt seine Zeitungen klagen, daß es brenne, und rührt dennoch
keinen Finger, Wasser zum Löschen heranzuschaffen.

Hoedels Wunsch mit der Cigarre im Munde zum Schaffot zu
gehn erregte 1878 allgemeines Entsetzen. Ist es weniger entsetz-
lich, wenn ein Pfaff im Chorrocke mit dem Glühwurme unter der
heiligen Nase von einer Beerdigung oder einer Taufe über die
Straße schreitet? Er hat eben öffentlich zur höchsten Majestät gebetet — wenn er mit dem Kaiser, mit Bismarck oder Moltke hätte
über Wesentliches, oder auch nur über Unwesentliches, reden dürfen, er wäre Tage lang der Unterredung voll —: nach der Unter-

redung mit Gott sinkt er sofort in sein übliches Unleben zurück,
weil sein Gebet eine Phrase war, wie unsern Knaben Anmuth
und Würde oder die drei Einheiten des Aristoteles Phrasen sind.
Der fromme Mann zetert, weil man in der Union bei der Taufe
den Teufel nicht austreibt, aber er selbst schwächt, falls er in gebildeten Familien tauft, den Exorcismus so ab, daß sogar etwa an-
wesende Juden keinen Anstoß an seinen Redensarten nehmen. Er
findet nicht Worte genug gegen diejenigen, welche die Bibel nicht
für inspirirt ansehen, gegen diejenigen (leider sind es noch wenige),
welche die Bibel nur für eine Sammlung der über die Entwicklung
eines Theiles der Religion Zeugnis ablegenden Urkunden, und welche
die That für wichtiger als die über die That berichtenden Urkunden
halten, gegen diejenigen, welche den Werth des alten Testamentes
darin suchen, daß es den Christen zeigt, wie auch der Glaube eine
Geschichte, wie auch der christliche Glaube eine Vorgeschichte gehabt, wie letzterer nur verstanden werden kann als nach einer
Seite hin aus dem durch Maria dargestellten Mutterboden des alten
Testaments erwachsen, nach der andern als das vollbewußte Nein gegen
den bis auf die neusten jüdischen Romanschriftsteller fortwuchernden
Ischariothismus des Judenthums. Aber liest der eifrige Mann dieses
Wort Gottes? er denkt nicht daran, er, der ein vom Kaiser, von
Bismarck oder Moltke auch nur unterzeichnetes Schriftstück alsbald
auswendig wissen würde: seinen Theologie studierenden Söhnen
wehrt er nicht, sich mit elenden, die Schnitzel des Textes kräuseln-
den oder diesem Texte die Dogmatik eines Schulhaupts aufzwing-
enden Vorlesungen über fünf oder sechs, nie ernsthaft studierte
Stücke der Bibel zu begnügen, wenn nur der heilbringende Glaube
an das Wort Gottes unangetastet bleibt. Ist dieser Mann in dem
oben angegebenen Sinne gebildet? oder aber liegt bei ihm sein
Thun hier, sein Wissen da? sein Denken (wenn bei ihm von Denken die Rede sein darf) und sein Empfinden (eine Kröte empfindet
wärmer) in der Schule, sein Leben nicht im Schmutze — denn
von der Sünde rede ich nicht —, sondern in der poesielosesten,
himmel-leugnendsten Trivialität? ist nicht seine ganze Existenz ein
Haufen Rapilli, über welchen man sehr schwer in die Höhe, aber
ganz außerordentlich leicht bergab kommt?

Der Sachverhalt wird noch deutlicher, wenn wir auf die neben
uns wohnenden Juden blicken. Es ist bekannt, daß dieselben sich
in großer Zahl und mit vielem Eifer die moderne Bildung anzu-
eignen bemühen: der Erfolg ihrer Bemühungen ist nicht der gewesen, sie über sich hinauszubeben: mit ehrenwerthen Ausnahmen,
welche die Regel nur bestätigen, sind sie trotz aller Bildung Juden
geblieben: unser aus so verschiedenen Elementen zusammengewach-
senes, in keiner Weise unduldsames Volk sieht sie noch heute trotz
aller ihrer Bildung als Fremde an.

Was nützte uns das preußische Unterrichtswesen? sind unsre
Zustände trotz seiner da? was nützte uns Falks Culturexamen?

sind die ihm unterworfen gewesenen jungen Geistlichen auch nur eines Haares Breite besser als ihre Vorgänger, welche sich nach der Schulzeit keine frische Ladung Cultur in die Schädel gepackt haben?

Was ergibt endlich die liberale Wissenschaft als eben das, was man — das heißt, die unerzogene, ihren Leidenschaften hingegebene Masse — wünscht und weiß? Wer aber der Zeit nicht etwas bietet, was über die Zeit hinausreicht und hinausführt, was eben darum der Zeit unbequem ist, der hat seinen Lohn dahin.

Drei Dinge sind der Ertrag unsrer Bildung: schlechte Augen, gähnender Ekel vor allem was war, und die Unfähigkeit zur Zukunft.

Es wird erlaubt sein, am Schlusse dieser nur zur Erweckung des eignen Nachdenkens meiner Leser geschriebenen Zeilen auf die jetzt brennend gewordene Judenfrage einzugehn, da diese Frage nur von denen richtig beantwortet werden kann, welche meine Grundanschauung über den Werth der Bildung theilen.

Die Aufregung ist unter der Jugend eine allgemeine: die älteren Generationen denken meistens wie der Nachwuchs, verhalten sich aber aus verschiedenen Ursachen still.

Einige siebenzig Berliner, darunter nicht ganz wenige Mitglieder der preußischen Akademie der Wissenschaften, haben jene Aufregung durch eine am 12 November 1880 abgegebene Erklärung zu beschwichtigen gesucht: es ist dringend zu wünschen, daß die wissenschaftlichen Leistungen dieser Männer mehr taugen als ihre politischen: zu schreiben haben sie nicht verstanden, und den Thatsachen thun sie — was selbst in der Erregung des Augenblicks Führern nicht erlaubt ist — auf das Aergste Gewalt an.

Es fällt niemandem in Deutschland ein, wie jene Leute behaupten, sich in Betreff der Juden gegen die sogenannte Toleranz zu versündigen: die Fähigkeit der Deutschen intolerant zu sein scheint durch die Leistungen der Falkschen Epoche erschöpft: Niemand hat jemals die in Deutschland wohnhaften Juden gehindert ihre Söhne zu beschneiden, koscher zu essen, den Schabbeß und alle jüdischen Feiertage zu halten.

Daß es, wie jene Notabeln versichern, Christen aller Parteien gibt, denen die Religion die frohe Botschaft vom Frieden ist, wird man nicht bestreiten mögen: wünschenswerth wäre eine nähere Erläuterung dieses Satzes, der so wie er da steht, das Wesen des christlichen Glaubens nicht ausdrückt.

Daß der jüdische Stamm einst der Welt die Verehrung des einigen Gottes gegeben hat, ist nicht wahr. Einmal weiß die Mehrzahl der Bewohner unsrer Erde — Welt sagt man für Erde nur, wenn man nicht nachdenkt — sie weiß von einem einigen Gotte noch heute nichts, da die Mehrzahl dieser Bewohner, wie der jüdische Ausdruck lautet, heidnisch ist: sodann lehnt auch die christliche Kirche in so gut wie allen ihren Gestalten den Glauben an den einigen Gott ab, da sie an den dreieinigen Gott glaubt, und da sie denjenigen, der diesem ihrem Glauben gegenüber vom einigen Gotte redet, als geflissentlichen Feind ihres durch die faselnde Phrase von der frohen Botschaft vom Frieden nicht charakterisierten Wesens ansieht: drittens haben die Juden den angeblich einigen Gott selbst erst spät entdeckt, da der Decalog Jahwe als einen Gott neben andern Göttern kennt, der Vers des Gesetzes V 6, 4 philologisch äußerst schwer zu verdauen ist, und die grobdrähtige Leiblichkeit des den ersten Menschen nach seiner Statur und seinem Aussehen knetenden, im Paradiese spazieren gehenden, bei Abraham Kalbsbraten essenden, dem Moses sich von der Nordseite zeigenden Judengottes einem etwa vorhandenen Monotheismus der Juden jeden Werth nimmt: da erst die Verquickung jüdischer Formeln mit platonischen Gedanken das hervorgebracht hat, was man anständiger Weise Monotheismus nennen darf: da endlich dieser so zur Existenz gebrachte Monotheismus philosophisch wie gemüthlich schlechthin nichts zu bedeuten hat.

Daß die Juden ein deutscher Stamm sind — auch das erfahren wir von jenen Notabeln —, möchte nicht vielen einleuchten. Ebenso dürfte Bedenken erregen, daß jene großen Gelehrten als das gemeinsame Ziel aller Angehörigen des deutschen Reiches die Ausgleichung aller innerhalb der deutschen Nation — zu der übrigens die Juden nicht gehören — von früher nachwirkenden Gegensätze ansehen: eine gewisse Ausgleichung ist vielleicht Vorbedingung des Glücks, aber sicher nicht das Glück selbst, und wer nicht Meyerbeer heißt, wird ansprechendere Musik kennen als die in Octavengängen ohne Nebenstimmen, also ohne Harmonie, sich abspielende.

Von Werth ist das Auftreten dieser Herren nur insoferne, als es die Stärke der von ihnen verurtheilten Bestrebungen erweist: denn auf einzelne Vorkommnisse des Neides, der Rohheit, des Uebermuthes pflegt man nicht mit einem Pronunciamento zu antworten, das kaum weniger anspruchsvoll auftritt als das der Secession, und dessen Unterzeichner von sich schwerlich eine besonders bescheidene Meinung hegen, also um eine Kleinigkeit ihre erlauchten Namen nicht in den Kampf werfen werden.

Wenn man es für denkbar erachtet, sich durch Anlernung gewisser Redensarten und durch Kenntnisnahme von bestimmten Thatsachen zu bilden, dann ist es natürlich gleichgültig, ob der so gebildete Mensch als Rohmaterial aus einem Rationalistenhause Preußens oder aus einer Talmudistenfamilie des russischen Polens hervorgegangen ist. Das Evangelium stellt aber an den Menschen nicht die Forderung gebildet zu sein, sondern die andere, sehr viel gewichtigere, aufs neue geboren zu werden: ich habe schon früher darauf hingewiesen, daß Iesus zum Judenthume sich verhält wie Copernicus zu Ptolemaeus, daß er auf das Verlangen nach der Wiedergeburt eben durch das Judenthum gekommen sein wird, dessen inhaltlose hölzerne Tautologie ihm vermuthlich dadurch nicht wirklich überwunden werden zu können schien, daß man ihr wie einem Mannequin irgend welche Gewänder überhienge. Die beiden Feinde Graetz und Geiger sind darin einig, den Pharisäismus als die höchste Blüthe anzusehen, deren ihre Nation fähig ist: Iesu Wort bei Matthaeus 23, 27 übt, wie an den Pharisäern, so an den modernen Bildungsschwindlern die schneidende Kritik, welche man von dem Urheber des bei Iohannes 3, 3 verzeichneten Ausspruches erwarten durfte.

Nun befinden sich die Juden vor jener Forderung Iesu und der gesammten christlichen Kirche — ich meine, daß auch Socinianer, Unitarier und Protestanten neuesten Schlages sich ihr zu unterwerfen nicht anstehn werden — sie befinden sich vor dieser Forderung in einer sehr viel ungünstigeren Lage als alles übrige, was vom Weibe geboren wird. Der natürliche Mensch ist dem geistigen Leben gegenüber zunächst nur indolent, der Semit, vor allem der Jude, ist ihm gegenüber von Hause aus feindlich. Gerade darum ist dies der Fall, weil aus hier nicht zu nennenden Ursachen das Evangelium zunächst den Semiten, näher den Juden, gepredigt worden ist. Wer wie Israel, und durch Israel und den Koran Arabien, ein gewisses Maß geistigen Lebens schon vor dem Evangelium besessen hat, der kann dem Evangelium gegenüber nicht gleichgültig sein: er wird durch dessen Verkündigung entweder sehr viel besser oder aber sehr viel schlechter als er war. Das ist der tiefste Grund der Erfolglosigkeit, welche christlicher Mission gerade Muhammedanern und Juden gegenüber eigenthümlich ist: Juden und Muhammedaner sind nicht so nahe unter dem Nullpunkte, wie andre nicht wiedergeborene Menschen, sondern gerade in Folge ihrer einst vorhandenen Beziehungen zur Wahrheit ganz erheblich tiefer in der Minus-Scala als alle Andern: sie sind nicht, wie andre Menschen, krank, sondern verhärtet. Es gibt Menschen und Völker, denen Iesus, wie er selbst es gesagt hat, zum Gerichte gekommen ist.

Schon oft habe ich auseinandergesetzt, daß jede Religion, so lange sie lebt, behaupten muß die allein wahre zu sein. Danach würde ich auch dem Judenthume Intoleranz nachsehen, aber doch nur dem Judenthume, welches Religion wäre. Allein ein solches Judenthum kenne ich seit fast zwei Jahrtausenden nicht als officielle Synagoge, ich kenne solches Judenthum stets nur als die Religion Einzelner, deren Dasein niemand bestreiten darf, der sich erinnert, daß auch Iesus ein Jude war, und daß nach Iesu Wort der Geist we er will wehet. Dadurch daß die Kirche die Aufgabe in die Hände nahm, welche die späteren Propheten ihrem Volke gestellt, und welche dies Volk nicht hatte lösen können, dadurch daß die Kirche diese Aufgaben ebenso vertiefte und vergeistigte, wie die Platoniker des Pentateuchs plump-sinnliche Erzählung von der Gottbildlichkeit des Menschen vertieft und vergeistigt hatten, und dadurch, daß Israel nicht Wort haben wollte, daß es mit Recht das Heft aus den Händen habe geben müssen, dadurch ist Israel

so tief gesunken, nur die Herrschaft über alle Völker als sein Ideal
anzusehen, nicht aber die Herrschaft als die von selbst kommende
Folge des Segens zu erwarten, welchen es der Erde gebracht hätte.
Das nachchristliche Israel verhält sich zu der geschichtlichen Ent-
wicklung, wie der neue Schelling zu Hegel, wie Beust und Harry Ar-
nim zu Bismarck, das heißt, es ist ein impotenter Neider und Kläffer.
Man täuscht sich sehr, wenn man meint, die Judenfrage sei eine
Religions- oder Toleranzfrage: sie ist ebenso sehr eine Machtfrage,
wie die katholische Frage eine Machtfrage ist, nur daß Rom den
Katholicismus wenigstens in Deutschland noch nicht so überwu-
chert hat, wie das antievangelische Judenthum es mit dem alten
Israel seit Jahrhunderten gethan.   Auch Geldbesitz und die Mono-
polisierung der Presse sind für das moderne Judenthum nicht Selbst-
zweck, sondern nur Mittel der Herrschaft.

Unsre Aufgabe den Juden Deutschlands gegenüber — es ist
ein Unglück, daß wir diese Juden nicht von den ihnen gleichen Juden
der übrigen Länder scharf scheiden können — unsre Aufgabe wird
uns nicht von der Nächstenliebe, sondern (man vergleiche ihr Gesetz
V 15, 3 17, 15 23, 20 21) von der Feindesliebe diktiert. Diese Feindesliebe aber wäre feige, wenn sie nicht vor allen Dingen die thatsächliche Lage der Dinge klar zeichnen, und wenn sie nicht ausspre-
chen wollte, daß Juden in dem so viele fremde Elemente enthaltenden
Deutschland sehr wohl aufgenommen werden können und auch vielfach, und zwar zur herzlichen Freude ihrer Freunde, bereits aufgenommen worden sind, daß sie aber nur um den Preis aufgenommen
werden können und dürfen, dem asiatischen oder aegyptischen Kasten-
wesen der Kohns und Levis, das seine Proselyten nur als Juden zweiter Klasse ansehen muß, ihrem Pochen auf vorzugsweises Begnadigt-
sein, ihren Ansprüchen auf Weltherrschaft, der Verbindung mit ihren
außerhalb Deutschlands wohnenden Blutsverwandten, ihrer aus einer
werthlosen statistischen Notiz und den groteskesten Riten bestehenden Religion rückhaltslos zu entsagen. Aber auch unsere Nächstenliebe wäre feige, wenn sie nicht den Deutschen sagte, daß
Deutschland die bei ihm Sohnschaft suchenden Juden mit seinen
alten Kindern zu verschmelzen nur dann im Stande sein wird,
wenn es den gäng und gäben Ansichten über den Werth der, wie
die Redensart lautet, freimachenden Bildung Valet gesagt, und statt
dieser befreienden Bildung die innerlich bindende neue Geburt aus
dem heiligen Geiste heraus und in sein eigenstes, geschichtlich ge-
wordenes Wesen hinein als das Nothwendige erkannt und an sich
erlebt hat. So deutlich mich dies ausgedrückt zu sein dünkt, setze
ich doch, um ja alle Misverständnisse hintanzuhalten, neben diese
Sätze noch ausdrücklich die in ihnen schon liegende Erklärung
hin, daß ein bloß äußerlicher Austritt aus dem seit 1800 Jahren
ganz und gar unmöglichen Judenthume, das fast zwei Jahrtausende
lang der Geschichte nichts gebracht hat, was auch nur einen Deut
werth gewesen wäre, und ein bloß äußerlicher Eintritt in das nicht

als das Ergebnis einer ungefähr zweitausendjährigen Geschichte gefaßte Deutschland unnütz, ja geradezu schädlich ist.

Es kommt nicht ganz selten vor, daß Menschen von einem
so unüberwindlichen Zorne über die Zustände, aus denen sie hervorgegangen sind, erfüllt werden, daß sie der ganzen Vergangenheit,
ihrer Familie, dem Vaterlande den Rücken wenden. Begriffen werden diese Armen nie, denn sie schweigen über die Gründe ihres
Handelns: glücklich werden sie auch nicht, denn was gewesen ist,
hängt ihnen trotz ihrer Absage nach: sogar geradezu unglücklich
sind sie, denn sie lernen mit der Zeit erkennen, daß als Erbschaft
der Schuld der Ahnen entschuldbar war was sie haßten, daß es
in gewissem Sinne sogar eine Berechtigung hatte.

Fast wie diesen Menschen muß denjenigen Nachkommen Israels
zu Muthe sein, welche über die Lage der jüdischen Angelegenheiten
sich klar geworden oder doch im Begriffe sind, sich über sie klar
zu werden. Hinter sich haben sie eine Geschichte, die nicht Geschichte ist, Parasitenthum oder den Kleinvertrieb der von andern
Völkern erworbenen Güter, den Haß des Menschengeschlechts, ein
Dasein ohne Ziel und Inhalt: vor sich haben sie Abneigung und
Hohn. Jedem Empfindenden wird das Herz bluten, wenn er an
solche Juden denkt.

Wenn den oben gezeichneten Personen niemals Mitleid und
Liebe zu Theil wird, Israel müßte, vorausgesetzt daß es ohne Hochmuth die Hände zu uns herüberstreckte, auf Mitleid und Liebe
rechnen dürfen, denn der Juden Schicksal liegt offen vor den
Augen Aller, und jeder müßte ihre Flucht aus der nie vergehenden
Vergangenheit, aus dem unmütterlichen Mutterhause begreifen. Nicht
die Christen haben Israel verderbt, denn schon den Römern der
ersten Kaiserzeit, auch den Arabern erschien es so wie es uns erscheint: Esdras hat das Unheil angerichtet, die Pharisäer haben des
Esdras unseliges Werk fortgesetzt. Uralte Schuld wandert mit
den Juden, dieselbe Schuld, welche den Protestantismus und den
Liberalismus drückt: ein Buch oder Bücher sind der Mittelpunkt
der Existenz dieser Aller. Gegen solche Krankheit hilft nicht, daß
man ein anderes Buch an die Stelle des untauglich befundenen
setze, gegen diese Krankheit hilft nur das Leben. Glücklich aber
müssen Alle sich fühlen, die aus der gefrorenen Verwesung in die
wohlig warmen Wellen thatsächlichen Daseins versetzt werden. Und
keine Reue wird die bedrücken, welche sich vom Leben haben
helfen lassen: denn an demjenigen, von dem Sie sich abgekehrt,
war nichts entschuldbar, nichts hatte an ihm eine Berechtigung.

Die Deutschen aber sollten wissen, daß sie nicht Einen Esdras
gehabt haben ihre Geschichte zu vergiften, sondern viele. Sie
sollten darum mit den unter ihnen wohnenden Juden um die Wette
— nur gemeinsame Arbeit um ideale Güter einigt — in die Zukunft streben, und wie diese in eine Vergangenheit zurückgehn, in
welcher es weder ein Buch gab noch eine Zeitung noch eine irgend-

wie geartete Schriftgelehrsamkeit, nur stilles Horchen auf die Stimme ursprünglicher Natur, leises Wachsen mit den Bäumen des Waldes und der Saat der Felder, in welcher allemal im Herbste von selbst und ohne Murren abfiel was Schmuck, aber vergänglich, in welchem ohne Hast winterlang auf den Frühling eines nächsten Jahres wartete was neu und himmelan den Sommer hindurch gediehen war.

Niemand vermag sich dem Einflusse eines in völligem Ernste von allen Seiten auf ihn eindringenden Lebens zu entziehen. Sind die Juden in Deutschland zur Zeit noch ein fremder Körper, so beweist dieser Umstand, daß das Leben Deutschlands nicht energisch und nicht ernst genug ist: dann hat aber die Nation die Pflicht, diesem sehr erheblichen Mangel abzuhelfen. Jeder uns lästige Jude ist ein schwerer Vorwurf gegen die Echtheit und Wahrhaftigkeit unsres Deutschthums. Allerdings kann die Nation nicht energisch und ernst sich selbst leben — dies sich selbst verstehe ich sowohl als Accusativ wie als Dativ —, wenn die Regierungen ihr nicht den Ballast vom Halse und von der Seele nehmen, mit welchem wohlmeinender, aber sehr einfältiger Liberalismus sie drückt — das preußische Unterrichtswesen und das Staatskirchenthum sind mit die schlimmsten Stücke dieses Liberalismus —: unsre Juden aber werden auch selbst dann wann jener Ballast abgethan sein wird, nicht aufhören Juden zu sein, wenn unsre Regierungen nicht außer jenem Liberalismus auch die grauenhafte Schuldenmacherei in Staat und Gemeinden abstellen, auf deren Procenten das Judenthum seine materielle Existenz mühlos und verächtlich begründet hat: die Juden bleiben Juden, weil wir zu gebildet sind, sie bleiben Juden nicht allein durch unsre Schuld, sondern auch durch unsre Schulden. Die Beantwortung der deutschen Judenfrage wird vorbereitet werden nicht durch die Ministerien der Justiz und des Innern, sondern durch die des Cultus — man verstehe mich wohl: ich sage nicht, des Unterrichts — und der Finanzen: sie wird zu Ende geführt werden nur durch das deutsche Volk, in welchem dasselbe heiße, das fremde Eis schmelzende Leben auch im Frieden pulsieren muß, welches im letzten Kriege selbst die unter uns wohnenden Palaestinenser dienstpflichtigen Alters in die Bahn deutschen Empfindens und deutschen Handelns zu unsrer großen Genugthuung hineingerissen hat.

Nur Antiliberale sind wirkliche Judenfreunde, wie nur Antiliberale wirkliche Freunde Deutschlands sind. Juden und Liberale sind naturgemäß Bundesgenossen, denn jene wie diese sind nicht Naturen, sondern Kunstprodukte. Wer nicht will, daß das deutsche Reich der Tummelplatz der Homunculi werde, der muß gegen Juden und Liberale — dies Wort in dem oben angegebenen Sinne genommen — Front machen.

Ich fasse zusammen:

Das höchste Lob, welches das deutsche Volk ertheilt, ist das der Echtheit. Urtheile man, wie dies Volk über diejenigen denken muß, welche sich ihm als die Gebildeten gegenüberstellen: urtheile man, mit welchen Gefühlen es unsre Zustände in Staat, Schule und Kirche betrachten wird: mache man sich klar, wie deutsch den Deutschen das neue Reich vorkommt.

Zur Echtheit können wir uns nicht allein verhelfen: die Regierungen müssen dadurch das Ihre für uns thun, daß sie geflissentlich alles künstlich Gemachte fortschaffen, und daß sie mit dem sicheren Blicke sachverständiger Liebe das Wachsen dessen befördern, was aus dem von Schutt gereinigten alten Boden emporkeimen wird: noch sind die Wurzeln unsres Wesens lebendig.

*Von dem Verfasser des vorliegenden Heftes erschienen in der Die-
terichschen Buchhandlung zu Goettingen noch folgende Arbeiten:*

Deutsche Schriften. Erster Band. 1878.
  1. *Ueber das Verhältnis des deutschen Staates zu Theologie,
     Kirche und Religion. Ein Versuch Nicht Theologen zu
     orientieren.*
  2. *Gedichte.*
  3. *Ueber die gegenwärtige Lage des deutschen Reichs. Ein
     Bericht.*
  4. *Zum Unterrichtsgesetze.*
  5. *Die Religion der Zukunft.*

Symmicta. Erster Band. 1877.
  1. *Aus Zeitschriften.*
  2. *Hebräische Handschriften in Erfurt.*
  3. *Ein Fragment des Arztes Africanus.*
  4. *Aus Friedrich Rückerts Nachlasse.*
  5. *Epiphaniana.*

Symmicta. Zweiter Band. 1880.
  1. *Aus Zeitschriften.*
  2 *Moabitica.*
  3. *Zwei Proben moderner Kritik.*
  4. *Vorbemerkungen zu meiner Ausgabe der LXX.*
  5. *Des Epiphanius Buch über Maße und Gewichte zum er-
     sten Male vollständig.*
  6. *Aus einem Uncialcodex der Clementina.*

Aus dem deutschen Gelehrtenleben. Aktenstücke und Glossen. 1880.

Inhalt:

www.ingramcontent.com/pod-product-compliance
Lightning Source LLC
Chambersburg PA
CBHW020804020726
47495CB00008B/2578